段落論：日本語の「わかりや

U0028228

日文段落論

—提升閱讀寫作技巧—

《日語接續詞大全》作者

石黑圭 著

「分段」原來差這麼多！
理解文意、傳達己見事半功倍！

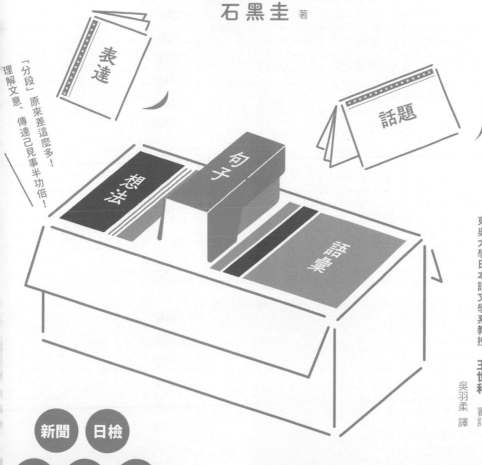

表達

話題

想法

句子

語彙

東吳大學日本語文學系教授　王世和　審訂

吳羽柔　譯

新聞　日檢

會話　作文　PPT　需要具備的能力在此揭秘！

前言

　　我想各位會拿起《日文段落論》這本名字有點奇怪的書，大多數都是想知道如何寫出好讀的文章，或如何讓文章的結構更嚴謹吧？確實只要段落分得好，就能夠寫出易讀且架構清晰明快的文章。但是段落為什麼有這種神奇魔力呢？

　　寫文章就像是搬家一樣。家裡有各式各樣的物品，包括衣服、餐具、書籍、文具、玩具、休閒娛樂用品等等。我們在搬家的時候必須把這些物品收進箱子裡。因為如果把它們分別一個個放到搬家公司的卡車上，車廂會變得亂七八糟，而且沒辦法有效率的裝載貨物，如此一來就必須耗費大量時間。所以我們在搬運小物品的時候，應該先將物品收進紙箱裡再搬上車。

　　所謂的寫文章，就是透過文章的形式，把作者腦中的資訊搬運至讀者腦中，簡單來說就是在幫資訊搬家。文章的句子中有許多散落的資訊，如果我們在搬運這些資訊時是一句句毫無章法的堆疊字句，就無法理清資訊脈絡，表達效率也會非常差。因此我們在寫作時也必須將文句收進名為「段落」的箱子內，就像搬家時把物品收進紙箱裡一樣，如此一來才能有效率的將資訊傳輸進讀者腦中。這就是為什麼分段分得好能使文章易讀、架構明確。本書的第一個目的，就是要告訴讀者段落的架構與功能。

瞭解段落的功能後，接著我們要討論的是什麼樣的分段能讓讀者更容易閱讀。搬家的時候，紙箱太大或太小都不好。太小的紙箱要花很多時間才能搬上車，會降低搬家效率。而紙箱體積太大的話一個人又不好搬。同樣的，段落也必須維持剛好的大小以便閱讀。選擇適當的段落大小，是分段時非常重要的技巧之一。

　　另外把物品放進紙箱時也有一些小規則要注意。原則上較重的物品要擺在紙箱底部，較輕的物品則擺在上層。如果反過來將比較輕的物品擺在下方，下方物品很可能會被壓扁。而且書本這種較重的物品一定要用小箱子裝，如果用大紙箱裝書，搬家公司在搬的時候大概會傷到腰吧？還有我們在裝箱時，應該會盡量把相同種類的物品裝到同一個箱子裡吧？這樣搬家完拆箱時，才比較容易把物品放進適當的櫃子或抽屜中。段落也有類似的規則。寫文章時，段落內的句子也有一定的擺放原則，如句子要按什麼方式排列、什麼句子適合放進多大的段落、什麼主題的句子應該放進同一個段落裡等等。本書的第二個目的，就是告訴讀者這些分段技巧。

　　我衷心期望各位讀者在本書中學會段落的構成，並徹底理解分段技巧後，寫作技術會有所增長，成為擅長搬運資訊的寫作者。

段落論／目次

第一部
段落的原理

第一章
段落是箱子

何謂段落

　　大家應該都聽過「段落」一詞，國中小的國語課一定會教到。小時候老師會在國語閱讀或作文課上，反覆教導我們在閱讀或寫作時必須注意文章內容的完整性，這時老師就會提到段落這個詞。因此一般人在被問到所謂段落究竟是什麼的時候，大多對段落都會有一定的概念。

　　但如果要嚴謹的討論段落到底是什麼，你會發現其實不容易得出一個答案。本書中針對段落將提出各式各樣不同的定義。為了讓各位更容易理解，我們應該先確立段落最基本的定義。以下先列出段落「在形態」上的定義：

‖ 段落的形態定義 ‖
① 段落是將多個句子以換行空兩格[1]的形式表現出來。

　　當然最近的網路文章不一定是用分行空兩格表示。有些文章在分段時會直接空一行，也有些文章一句話就是一個段落。但我們在學校裡所

學到的典型分段方式，就是定義①所提到換行空兩格的形式吧？

　　另外一個段落中的內容會有其完整性，我們絕不可能不按文意來分段。因此從意義上來看，段落的定義如下：

‖ 段落的意義定義 ‖
② 段落是針對同一話題所寫出的內容之集合。

　　也就是說，段落是話題的單位，一個段落即是一個話題。當然話題有大有小，話題的大小不同也會影響段落長度。另外，雖然一般來說，一個段落應該包含針對一個話題要表達的一段訊息，不過也有些段落並沒有明確想表達的訊息。還有小說類的文章一般不以話題區分段落，而是以故事場景做為分段基準。但是普遍論說文的段落，大致上都適用於②的定義。

　　除了形態上、意義上的段落定義外，我們還必須思考段落的功能性定義。功能性指的是段落的用途。而在討論段落的用途時，我們最應該著重的部分是，段落對於讀者來說到底有什麼用。

‖ 段落的功能定義 ‖
③ 段落是將句子以特定形態、特定意義做分組，使讀者更容易瞭解文章結構。

　　沒有段落的文章並不好讀。適當分出段落，能讓讀者更容易掌握文章走向、抓出重點。如果我們只談段落在形態及意義上的定義，則分段時要考慮的只有單一個段落的內部結構而已。加入了段落的功能定義後，就可以討論段落與段落間的關係，並探討文章結構整體的易讀性了。

　　當一段文字滿足了以上①～③點定義，我們就可以稱其為段落了。將上述3點統整起來，段落的基本定義應該如下：

‖ 段落的一般定義 ‖

段落指的是以換行空兩格的形態表現的句子之集合，意義上其內容會針對一個特定話題書寫。有了這些被稱作段落的文字單位，閱讀者將能夠準確掌握文章的結構。

段落這個文字單位乍看之下很簡單，實際上卻不太容易處理。因為它感覺上好像有特定規則，但仔細研究又會發現每個人的分段方式都不太一樣。我們確實有在國語課上學分段，但也沒人教我們段落一定只能怎麼分。因此不同作者、不同文章類型的分段方式也各不相同。

有一個文字單位跟段落一樣不容易掌控，那就是句讀。段落跟句讀都是一篇易讀的好文章中不可或缺的單位，但都沒有明確規範，每個人的使用方式也各不相同（石黑1997）。不過日本已經有一本明確探討如何使用句讀的書了。那就是新聞記者本多勝一氏所著的《日語的作文技術》（日本語の作文技術）（本多1976）。這本書在1976年由日本朝日新聞社出版後，過了40年人氣仍然居高不下的原因，大概就是因為它很優秀的掌握了句讀的使用方式吧？本多勝一氏所提倡的原則是，當作者想要讓一段複雜的長句更好懂，或者讓句中相隔遙遠的主受詞關係更明確的時候，就應該要加上句讀。這樣簡單明瞭的原則大概吸引了不少讀者吧？

不過目前日本還沒有一本像《日語的作文技術》這樣，能明確為段落定下規範的著作。在學術界中，寫作研究專家佐久間まゆみ氏（早稻田大學名譽教授）長時間引領學界進行日語的段落研究。但目前還沒有一本著作能明確規範出分段法則。該如何掌控這樣抓不住摸不著的段落，讓分段跟自身的日語表達能力相輔相成呢？我寫作本書的主要目的就是希望能解決這種實作面上的問題。

段落是箱子

剛剛有提過段落的定義可以從形態、意義、功能三個觀點來表現，這三個定義中共通的重點是，多個句子統整在一起才會組成段落。我們先把段落想像成「收納文句的箱子」好了。

我們為什麼需要這個「收納文句的箱子」、為什麼需要段落呢？這是因為段落牽涉到人類的文章理解。我們先思考一下段落跟語言的其他幾個基本單位，也就是詞語、句子、文章之間的關係好了。

人類基本上是以句子為單位進行語言活動。句子由詞語組成，是表達資訊的基本單位。而文章這樣的大單位則被用來呈現較複雜的核心訊息。文章由許多句子組成，是能夠傳遞訊息的巨大單位。

但是文章這個單位實在是太長了。如果比句子更大的單位只有文章的話，句子跟文章之間很容易出現斷層。一篇小論文大概一千字左右，倒是還可以接受，不過像本書這樣，一整本書也算是一篇文章。句子跟文章中間要是沒有一個大小適中的單位，文章大概會變得太難讀，讓讀者看不下去吧？

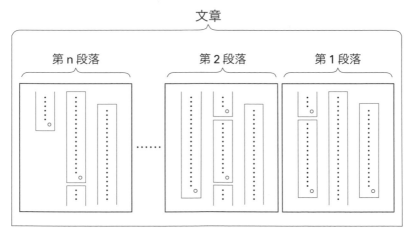

圖1-1_文章是由裝著數個句子的箱子（＝段落）組成的

因此句子跟文章之間就需要段落。同一段落內的句子表示同一個概念，因此只要有了段落就能更清楚的讀懂文章。當然像本書這樣，寫作一整本書的時候，光只有普通的段落還不夠，必須再分成由各個小標題構成的大段，還有比段落高兩階的章節。這樣的三階段落結構，能讓句子跟文章之間的關係更緊密，讀者也更容易統整內容並理解段落間的關係，也就更容易讀懂整篇文章了。（圖1-1）

將段落想像為箱子

　　如果把段落想像成箱子，我們就更容易對段落有一個具體概念了。但同時，許多問題也將隨之浮現。

　　第一個問題是，如果段落是箱子，箱子裡面裝的是什麼呢？只要理解箱子的內部構造，我們也能更輕鬆的閱讀文章、寫作文章吧？段落裡裝的當然是許多句子，但我們想知道的是，段落內的句子長什麼樣子？又是以什麼順序排列呢？關於這些內容，我們會在**第二章「段落是統整」**做討論。

　　第二個問題，如果段落是箱子，箱子的外面長什麼樣子呢？形式上，我們必須把不同段落以換行空兩格的方式做區分，讀者才能夠分辨。而以文章內容結構來看，不同話題的區隔就會形成不同段落。因此抓出文章話題轉折的能力，能幫助我們強化自己的分段能力。關於這些內容，我們會在**第三章「段落是轉折」**做討論。

　　第三個問題，如果段落是箱子，那麼將這些箱子連在一起會發生什麼事呢？實際上文章就是由名為段落的箱子一個一個連在一起組合而成，而閱讀者則以箱子為單位來理解整篇文章。當然如果沒有段落的話，我們就必須依序閱讀無數串連在一起的句子才能理解文章。而文章有沒有分段，是否會影響我們對文章的理解呢？這點也讓人很好奇吧？關於這些內容，我們會在**第四章「段落是接續」**做討論。

第四個問題，段落的箱子有大有小，它們彼此之間有什麼關聯性呢？當箱子有大有小，就會出現箱子裡有箱子的結構。「第○部—第○章—第○節—第○項」這種文章結構，其實就是箱中箱的結構，即作者可以用一個大箱子統合其他小箱子的內容。而作者在寫作時要如何整理段落間的統合關係，也是一個非常重要的課題。關於這些內容，我們會在**第五章「段落是資料夾」**做介紹。

　　第一部「段落的原理」的內容包含上述五個針對段落本質的討論，總共有五個章節，分別為本章「段落是箱子」、第二章「段落是統整」、第三章「段落是轉折」、第四章「段落是接續」，及第五章「段落是資料夾」。

譯註1：日文的段落開頭為空一格。本書為方便台灣讀者閱讀，將原文中「空一格（一字下げ）」
　　　　處皆譯為「空兩格」。

【第一章總整理】

　　我們在第一章討論了段落的定義。段落之定義可以從以下三個面向來表現。

· 形態上，段落是將多個句子以換行空兩格的形式所表現出來。
· 意義上，段落是針對同一話題所寫出的內容之集合。
· 功能上，段落是將句子以特定形態、特定意義做分組，使讀者更容易瞭解文章結構。

　　段落是位於句子與文章之間的單位，可以當作收納句子用的箱子。如果把段落想成箱子，就必須探討以下四個問題。

　　1 箱子內部長什麼樣子？
　　2 箱子外部如何做區別？
　　3 如何理解並排在一起的箱子？
　　4 不同大小的箱子要怎麼彼此收納？

　　我們在第二章討論第①個問題、在第三章討論第②個問題、在第四章討論第③個問題、在第五章討論第④個問題。

第二章
段落是統整

依話題分段

　　我們將段落比喻為箱子，就表示段落必須跟箱子一樣，具備能將句子裝起來的結構。段落的結構可以分為外部結構跟內部結構。其中外部結構就像是紙箱最外層的六個面，而段落的外部結構是換行空兩格的寫作格式，以及不同話題內容的區隔。關於**外部結構**，我們會在第三章做詳細討論。而**內部結構**談的是，段落的內容必須維持完整性。如果是小說等故事性敘事作品，同一段落內的內容就會位於同一個場景中。因為只要是發生在同一個場景的事情，其內容就有完整性。不過本書讀者更關注的文章類型，應該是論說文等較實用的論述性文章吧？這時候段落可以維持**話題**（Topic）內容的完整性，也就是作者在同一段落內談論的事物是完整的。我們在本章，將針對這個部分繼續深入討論。

　　我面前剛好有個裝著水的寶特瓶。這個寶特瓶是氣泡礦泉水「沛綠雅」的瓶子。如果我今天要寫一篇有關瓶裝礦泉水特點的文章，那麼就會有「I-Lohas礦泉水」的段落、「南阿爾卑斯山脈天然水」的段落、

「依雲礦泉水」的段落、「Crystal Geyser噴泉水」的段落，以及「沛綠雅」的段落。將這些話題串聯起來，我們就可以討論現在幾個知名品牌的瓶裝礦泉水的特性了。

但在我小時候，當時的人其實很難想像會有人花錢買瓶裝水。因此我好像也可以寫一篇文章討論為什麼人們開始花錢購買瓶裝水。可能是因為越來越多人覺得自來水很難喝，也可能有越來越多人覺得喝自來水有些衛生上的疑慮；當然寶特瓶這種容器的出現可能也讓買水變得更方便了，也有可能因為水的品牌化導致特定品牌的水成為時尚的象徵。人們有可能會習慣先備好瓶裝水以備緊急災害時使用，也可能因為近年人們注重健康，紛紛捨棄高糖分的果汁類飲品，改喝含礦物質的飲用水。如果我針對上述各個話題深入寫出更多內容，就可以形成很明確的段落概念。

段落內部構造

決定話題後，我們就可以開始寫文章了。包含話題本身的句子叫做**小主題句**（Topic sentence），作文課上老師都會教我們要把小主題句放在段落開頭。小主題句不只包含話題，也包含了該段落想要傳達的主要訊息（Main message）。也就是說小主題句必須明確統整出作者在該段落想表達的內容。我們在這邊之所以叫它小主題句而不是主題句，是因為主題句是表達整篇文章主題的句子。文章整體的核心議題叫做主題，各段落的主軸則叫小主題。舉例來說，前述的文章裡「礦泉水」的特點是主題，「沛綠雅」的特點就是小主題。

在以「沛綠雅」的特點為小主題的段落，我們可以試著用以下的句子開頭。

> 　　來自法國的沛綠雅是世界知名的礦泉水品牌，其特徵是水中含有碳酸氣泡。

　　像這樣在段落開頭點出整段內容的句子即是小主題句。本句的話題為「沛綠雅」，而作者針對「沛綠雅」要談的重點包含「來自法國」、「世界知名」、「特徵是水中含有碳酸氣泡」。有這句話作為起點，本段的行文方向已經很清楚了。那麼我們接著小主題句繼續寫下去看看。

> 　　沛綠雅氣泡水的水源來自位於南法的維吉斯小鎮，這裡天然水的歷史淵源相當知名，過去曾被拿破崙三世譽為「法國的驕傲」。現在包含歐洲各處餐館在內，沛綠雅氣泡水在全世界都深受歡迎。庇里牛斯山脈的造山運動導致含有天然氣體的地層與地下水自然結合，產生了這款被稱做「奇蹟之水」的氣泡水。沛綠雅的特徵為碳酸氣泡極其細緻，且氣泡的持續時間很長。

　　這段話延續了小主題句的內容，我們稱其為**支持句**（Supporting sentence）。支持句負責詳細說明段落要表達的具體內容。

　　我們可以選擇在這裡結束這個段落，也可以在段落結尾加入**小結論句**（Concluding Sentence）。小結論句也是統合整段內容的句子，因此它的內容跟小主題句可能會有些重疊。不過小結論句的特點在於，它會更深入的談論整段內容，而且在寫作時必須注意該段落與後續內容的連貫性。它跟小主題句一樣加了「小」字，也是為了避免跟整篇文章的結論句混淆。

產自法國的沛綠雅含有優質的碳酸氣泡，與其他礦泉水品牌做出了明顯區別，因此深受世界各地飲用者的喜愛。

我們將小主題句、支持句、小結論句連在一起讀讀看。（圖2-1）

段落的內部結構基本上有兩種，一種由描述核心話題的小主題句，及延續小主題句的支持句兩部分組成，另一種則由三部分組成，即支持句後面會再加入總結以上兩者的小結論句。

小主題句

來自法國的沛綠雅是世界知名的礦泉水品牌，其特徵是水中含有碳酸氣泡。

支持句

沛綠雅氣泡水的水源來自位於南法的維吉斯小鎮，這裡天然水的歷史淵源相當知名，過去曾被拿破崙三世譽為「法國的驕傲」。現在包含歐洲各處餐館在內，沛綠雅氣泡水在全世界都深受歡迎。庇里牛斯山脈的造山運動導致含有天然氣體的地層與地下水自然結合，產生了這款被稱做「奇蹟之水」的氣泡水。沛綠雅的特徵為碳酸氣泡極其細緻，且氣泡的持續時間很長。

小結論句

產自法國的沛綠雅含有優質的碳酸氣泡，與其他礦泉水品牌做出了明顯區別，因此深受世界各地飲用者的喜愛。

圖2-1 段落的基本構造由小主題句、支持句、小結論句三部分組成。

新聞報導的結構跟上述段落的內部結構非常相似，常見的結構也分為兩部分，開頭會先放一句導言（Lead），負責統整新聞的整體內容。由於我們能透過導言先掌握事件的概要，並以此梗概為基礎理解詳細內容，所以就算是用聽的，還是可以很清楚掌握整個新聞事件。小主題句的功能跟新聞導言一樣，只要將它擺在整段開頭位置，就能使讀者更容易理解段落內容。

這邊要注意一點，小主題句的概念來自於英文的「Topic sentence」。但由於日文是喜歡將重點放在最後面的語言，因此日文的文章中，也很常出現段落沒有小主題句，只由支持句和段落結尾的小結論句組成的狀況。在日文中，表達段落主軸句子有時被稱做**核心句**。所謂核心句結合了小主題句和小結論句兩者的概念，不一定出現在段落開頭或結尾，它就是能清楚統整段落內容，代表該段落的一句話。考慮到日文文章寫作的實際狀況，比起小主題句跟小結論句這種理論上的概念，核心句的定義更有彈性且更實際，更容易應用在不同文章上。因此本書在必要時也會使用核心句這個概念。

核心句的整合力

我們接下來要按照剛剛在「沛綠雅」那段的寫法，依以下順序完成文章。

① **決定撰寫主題為不同品牌礦泉水的特性。**
② **決定以「I-lohas」、「南阿爾卑斯天然水」、「依雲」、「Crystal Geyser噴泉水」、「沛綠雅」作為話題。**
③ **寫出「沛綠雅」段落的小主題句「來自法國的沛綠雅是世界知名的礦泉水品牌，其特徵是水中含有碳酸氣泡」。**
④ **接續小主題句完成整段內容。**

我們在①決定要寫礦泉水特性後，就要思考該提到哪些礦泉水品牌。在②決定要寫「沛綠雅」之後，就必須想要提到「沛綠雅」的哪些特點。在③寫出小主題句後，則要思考如何更深入的討論「來自法國的礦泉水」、「世界知名的礦泉水」、「有碳酸氣泡的礦泉水」這些內容。當我們決定好要寫的主題後，就必須考慮要將該主題寫得多詳細。這些動作感覺很像在「填洞」。所謂的寫文章，就是反覆挖洞再把它填滿的過程。在段落中，小主題句會規範出洞的大小範圍，只要填滿了小主題句挖出的洞，就等於完成了該段落。按照這個方式來寫作段落的話，小主題句將擁有統整段落內其他句子的能力。

除了位於段落開頭的小主題句之外，位於結尾部分的小結論句一樣能統合段落的內容。例如剛剛的範例中，「產自法國的沛綠雅含有優質的碳酸氣泡，與其他礦泉水品牌做出了明顯區別，因此深受世界各地飲用者的喜愛。」這句話就總結了段落的整體內容。

小主題句跟小結論句的這種統整段落內其他句子的功能被稱做**總括功能**。我們將小主題句和小結論句合併稱為核心句來談，核心句因為擁有總括功能，能夠統整段落內容，段落中其他的句子則會像被磁鐵吸引一般繞著核心句打轉，如此一來整段內容就會有完整性（佐久間1994）。有總括功能的句子可以統整整個段落，甚至某一節、某一章、某一部、或整篇文章內容。這類句子能協助我們掌握文章架構，或抓出文章摘要。

段落寫作技巧的極限

有總括功能的核心句，在段落中扮演非常重要的角色。不過如果我們實際去閱讀文章，會發現有時候其實不太能清楚找出段落中的核心句。通常核心句不是位於段落開頭的小主題句位置，就是位於段落結尾的小結論句位置。不過有時候核心句不一定會出現在上述位置，也有些

段落中沒有出現像核心句的句子。又有些段落中可能成為核心句的不只一個句子，比如小主題句、小結論句、或是段落中間的其他句子等。為什麼會有這些狀況呢？

這是因為，由主題句為核心來架構段落的寫作方式是來自美國的段落寫作技巧（Paragraph writing），而這個技術還沒有透徹的融入日本的作文教育中。所謂段落寫作，就是指每一個段落都必須針對一個話題，以「小主題句—支持句—小結論句」的結構來書寫。其優點在於能讓讀者確實讀懂作者想傳達的內容，但同時它也有個缺點，即會造成每一段結構都相同、使文章變得單調乏味。如果一篇文章的每一個段落結構都相同，雖然會非常有邏輯，卻會顯得機械化，像是由工廠大量生產出來的內容一樣，無法讓讀者感受到作者親筆書寫的溫度感。日本的作文教育受到傳統「綴方教育[1]」的影響，強調必須將生活中的體驗或情感以自己的話語來表現。正因為這種尊重以言語表達自身想法的寫作傳統，日本的作文教育尚無法全盤接受這種以邏輯理論為基礎的文章形式。

另外由於日文中沒有關於撰寫論述性文章的具體規則，因此雖然大眾普遍理解同段落內容應具有完整性，但每個人對於段落話題的概念及話題大小卻都有不同看法，這應該也影響了日文文章的段落結構。而且最近的文章重視易讀性，因此段落長度有減短的趨勢，這也導致文章的邏輯性漸漸不受重視。也許從日文文章的傳統來看，比起邏輯性高的硬性文章，大眾本來就更喜歡易懂的柔性文章。因此在日本甚至有學者為了區分這兩種寫作方式，將英文中這種包含「小主題句—支持句—小結論句」、結構完整的段落寫成片假名「**パラグラフ**」，而將構造較不清晰的傳統日文段落寫成漢字「**段落**」。

日文的書寫規則其實非常曖昧模糊。例如政府明明有規範出一套常用漢字表，讓大眾依循其書寫，不過還是常有人會將歸在常用漢字表內的詞語寫作平假名或片假名，也沒有一個明確的規則限定哪些文字一定要寫作漢字。另外雖然大家都有概念哪些地方該加逗點，但那概念也就

只是概念，並沒有明確規範。還有括號的使用方式也因人而異，尤其表示強調的上下引號完全是依寫作者喜好自由添加。段落跟漢字、逗點、括號一樣，依照每個人習慣不同，使用的方式就會完全不一樣。

　　我個人認為日文這種自由度高的書寫方式的好處在於，它能為寫作者保留自由表達的餘地。但反過來說，如果書寫自由度太高，作者與讀者就無法擁有共同的基礎，如此一來這個自由度反而會阻礙到語言最重要的功能──確切傳遞資訊。我認為我們在寫文章時，縱然不用機械性地非得在每一段前後加入小主題句和小結論句，但還是應該隨時注意以核心句為基礎構成段落。如此不只能更清楚傳達想法，也能讓讀者確實理解文章內容。

譯註1：起源於1900年代的日語作文教育體制，受自由主義教育影響，重視學童自身生活，鼓勵學童以作文表現自己的生活，並藉此達成自我成長。（增田信一（1998）。作文教育史における『作文』と『綴り方』。奈良教育大学国文：研究と教育，第21卷，P.1-P.11）

【第二章總整理】

總括能力	位置	段落	文章整體
有	開頭	小主題句（topic sentence）	主題句
有	結尾	小結論句（concluding sentence）	結論句
有	不限定	核心句（廣義的 topic sentence）	主題句
無	中段	支持句（supporting sentences）	沒有特定名稱

圖2-2 句子種類及是否有總括能力

　　我們在第二章討論到**段落是內容的統整**。以英語的段落寫作技巧來看，典型的段落應以**話題**做區分，開頭必須放明確描述出話題內容的**小主題句**（Topic sentence），接著是詳細描述小主題句內容的**支持句**（Supporting sentences），結尾則是統整整段內容的**小結論句**（Concluding sentence）。日文文章則不一定會有小主題句和小結論句，不過一般來說還是會有能明確統整段落內容的**核心句**，通常位於段落開頭或結尾附近。核心句擁有能夠整合段落，使段落保持完整性的總括能力。上圖列出了構成段落的句型種類，供讀者們參考。（圖2-2）

第三章
段落是轉折

告一段落

我們在第二章討論到核心句有統整段落內容的功能，使**段落內容有完整性**。不過，我們實際上在閱讀文章時，是如何看待段落的存在呢？比起內容**完整性**（unity），我們好像更容易注意到內容的**轉折**（transition）吧？就像我們在聽別人說話時也會更注意話題轉折點而非整段話的完整性一樣，我們在讀文章的時候，也不會時時意識到自己在閱讀一個段落，只有在讀到段落間的區隔時，才會注意到自己已經讀完一個段落，要進入新的段落了。這就是所謂**段落的轉折**。

在內容上，**話題**在這個轉折點扮演了重要的角色。因為變換話題的地方一定會分段。一篇文章如果滔滔不絕地一直講下去，會讓讀者感到疲乏。如果能在轉換話題的同時換一個段落，不管是作者或讀者都會有喘息的空間。就像游泳時如果不換氣會很痛苦一樣，我們必須在話題的轉折點做分段，浮出水面換一口氣。日文中**告個段落**（一段落つく）和換氣（一息つく）使用的動詞相同，我認為這個詞造得相當巧妙。

不過分辨話題的轉折點不是一件簡單的事。我想大家在讀小學的時

候，可能都有碰過國語老師為了讓學生理解段落的意義，要求學生將沒有分段的文章「依照段落內容的整體性分出段落，讓文章變得更好讀」的經驗。我們在做這種練習時，雖然也會注意每個段落內容的完整性，但通常是去找感覺可以切開來的話題轉折點來分段吧？我們在掰巧克力片的時候，會從相對薄的部份掰開；將河床上撿到的樹枝用於營火時，也會折樹枝相對細的部份。這是因為這些部份更容易被折斷。文章裡同樣也有容易折斷的部份跟不容易折斷的部份，而我想分段的這個動作，就是在找出文章中相對容易折斷的部份。（圖3-1）

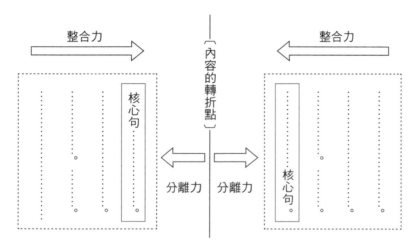

圖3-1 形成段落的兩股力量（整合力和分離力）

句子間的距離

　　你有沒有聽過所謂「字裡行間隱藏的秘密」呢？這句話是指，我們在閱讀時不只要讀作者字面上所寫的內容，也必須以字面意義為基礎，想像作者沒明確寫出來的內容。一行一行文字間的空隙是所謂的字

裡行間，而句子跟句子之間則存在著**句間**。句間指的是句子之間的語意空隙，我們在理解一段話的時候，必須像在前後兩個句子中間搭建橋樑一般自行補足句間的內容，這在心理學上被稱為橋樑式推論（Bridging inference）。也就是說，前後兩個句子之間的文意會有一定距離，句間小指的就是兩句話的文意接近，而句間大就是指兩句話內容相差甚遠。句間小的位置較不容易分段，句間大的部份比較容易分段。專門研究平家物語[1]的知名學者，同時也對寫作理論知之甚詳的西田直敏氏稱其為**「句子接續的緊密度」**，並將緊密度分成了不同種類（西田1986）。說到句子的接續，我們會直覺聯想到由句子間的接續詞所構成的前後關係，不過西田氏認為，如果要探討句間距離，在探討「前句和後句是哪種關係？」之前，我們應該先從緊密度，也就是「前句和後句的關係有多緊密？」開始討論（石黑1998）。我們一起閱讀以下的**第①句**，來驗證一下這個理論吧。

①15日有人目擊一頭棕熊走下市立中學東側的斜坡。

第①句後面如果接了其他句子，哪一個句子會讓你覺得應該要分到下一段呢？請看以下②～⑤的內容。

②15日有人目擊一頭棕熊走下市立中學東側的斜坡。目擊棕熊的男性上班族（58歲）表示「我是第一次在市內看到棕熊，感覺晚上無法安心外出了」。

③15日有人目擊一頭棕熊走下市立中學東側的斜坡。16日確認棕熊出沒在超市及醫院等建築林立的住宅區周邊。

④ 15日有人目擊一頭棕熊走下市立中學東側的斜坡。市內保健所表示，該棕熊目測身長1.5公尺，是隻公熊，由於棲息地食糧不足才會下山跑到住宅區內。

⑤ 15日有人目擊一頭棕熊走下市立中學東側的斜坡。市公所與當地警察署在接獲一連串棕熊出沒消息後，呼籲大眾暫時避免接近棕熊出沒地點周邊區域。

當然不管是②～⑤哪一段話，如果沒有前後文章脈絡，我們也無法正確判斷哪一句中間可以分段。不過單就現有的內容看來，我想你應該會感覺②最難分成兩個段落，③也有點難，④稍微容易一點，⑤則最容易把第二句分到下一段去吧？

這個難易度就直接對應到各例句中句間的距離。我們之所以感覺②的句間距離很近，是因為第一句話提到「目擊一頭棕熊」，而第二句開頭就是「目擊棕熊」。感覺③的句間距離也滿接近，則是因為15日的目擊資訊跟16日的目擊資訊雖然有差別，不過由於兩句都是目擊資訊，在內容上是共通的。④的句間距離感覺比較遠，是因為第一句的目擊資訊跟第二句的官方說明，在資訊的本質上有所差異吧？⑤的句間距離感覺最遠，是因為第一句的目擊資訊是事實，第二句則是當局呼籲的內容，兩個句子的功能截然不同。不過，因為上述所有句子的主題都是棕熊，因此單用話題來分段落的話，感覺這些句子都不太適合分段。

段落的動態意義

我們如果不用「統整」而是用「轉折」的角度來看段落，就不能靜態地觀察段落的整體性構造，而必須觀察段落在寫作、閱讀這種動態過程中產生的變化。如果觀察段落在動態過程中的變化，你就會發現，我

們只會在段落的開頭跟結尾注意到段落本身的存在。

從作者的角度來看，寫作時我們只會在段落的開頭跟結尾意識到段落存在。一個段落必須以小主題句做開頭，在寫小主題句的同時，我們會思考要如何深入討論小主題句提到的內容。不過一旦開始寫段落內的支持句，我們的意識就會集中在書寫內容上，而不會留意外面的段落框架。當我們順利寫完內容，開始寫到這個段落的結尾時，才會再次意識到段落的存在，並開始思考如何為舊的段落做收尾、開啟新的段落。

而讀者閱讀時，也只會在段落開端和結尾注意到段落的存在。我們在閱讀段落的開頭時會特別留意小主題句，並意識到這個段落會延續小主題句的內容繼續往下講。但是當我們在閱讀段落內容的時候，也只會將意識集中於閱讀和理解文句內容上，並不會注意外面的段落框架。當段落的敘述到了尾聲，我們才會再次注意到段落的構造。如果這個段落有小結論句的話，讀者能藉由小結論句得知這個段落已經結束，並準備開始閱讀新的段落。

先前說過段落像個箱子，而我們必須區隔出一個獨立空間，才能形成所謂箱子的構造。對於段落來說，建立這個區隔的即是段落的開頭與結尾。因此我們接下來要分別觀察段落開頭及結尾的特徵。

段落開頭的句子特徵

段落開頭的句子的特徵，跟小主題句的特徵是重疊的。不過跟英文寫作中的「Paragraph」不同，在傳統日文的「段落」中，開頭不一定會出現闡述段落的核心內容的小主題句，有時候只會有單純表現該段落話題的小話題句。**小主題句**通常為「～は…だ」或「～は…した」的句型表現。「～」為話題部份、「…」則為敘述內容，話題與敘述一定會同時出現。而**小話題句**的常見句型則是「～です」，句中只包含話題部份，內容敘述則由後面的支持句補充。

小主題句…

札幌市内の閑静な住宅街でヒグマが相次いで目撃されています。

（札幌市內陸續有人目擊棕熊出沒於寧靜的住宅區內。）

小話題句…

札幌市内の閑静な住宅街での出来事です。

（這件事發生於札幌市內的寧靜住宅區內。）

不過，不管是小主題句或小話題句，其目的都是為了要開啟新的話題，因此必須具備能開啟新話題的樣子。我們這邊先不討論構造較簡單的「～です」這種小話題句型，常出現在段落開頭的句型通常可以分為兩種，一種是闡述事物的性質及關聯性的句型，另一種則是描述事件內容的句型。前者常見的句式為「～は…だ」，通常以名詞或形容詞來描述主題，後者常見的句式則是「～が…する／した」，通常以動詞來接續主題。

用來表現事物性質或關聯性的這種「～は…だ」句式中，一般會用助詞「～は」來開啟新話題，不過有時也會出現使用助詞「～が」的狀況。句尾則一般採用簡單的「～だ／である／です」做結尾。請見以下①～③的句子。

---

① 父子帰省は、令和に入る少し前から目にするようになった言葉です。

（父子返鄉這個新造詞在日本年號變更為令和前不久開始受到大眾關注。）

② 新入社員が伸び悩む最大の原因は、誤った固定観念だ。

（新進職員無法進步的主要原因，來自於錯誤的既定觀念。）

③ プロ野球では名選手が、ドラフト四位で指名された選手
　に多い。
　（日本職棒中大多數的知名球員，都是選秀會中第四指
　　名的選手。）

以上①～③的共通特徵在於，他們都具備了讓讀者想深入瞭解的
要素。第①句的「～は」前面放的是「父子返鄉」、②「～は」前面放
的是「新進職員無法進步的主要原因」、③因為後面接的是形容詞，所
以使用助詞「～が」，前面的主題為「知名球員」。這些主題就是吸引
讀者繼續讀下去的要素。在段落開頭的句子中先放入讀者想要深入瞭解
的要素，就能夠在後續內容中詳細說明該主題，如此一來不僅比較容易
寫，也會比較好讀。

接下來的④和⑤雖然沒有明確加入讓人想深入瞭解的要素，不過句
子背後好像還隱藏著什麼內容，因此也適合放在段落開頭。

④ 今年の夏は記録的な猛暑だと予想されているらしい。
　（據說今年夏天被預測將成為歷史級的炎夏。）
⑤ 十二月は美容院にとって忙しい時期である。
　（美髮店在十二月會非常忙碌。）

讀到④的讀者心中會產生疑問，想知道為什麼今年夏天被預測將成
為歷史級的炎夏。讀到⑤的讀者，則可能會期待作者接下來提供實際舉
例，例如聖誕節前、例如寒假的時候、例如過年前客人會非常多之類的。
不少段落都以這種誘導讀者忍不住好奇「為什麼？」、「例如說？」的句

子做為開頭。這也是比較好寫、也比較好讀的段落開頭寫法。

　　不過接下來的⑥和⑦，對讀者來說可能就沒有那麼好讀了。

---

　　⑥ お盆は帰省のシーズンである。

　　　（盂蘭盆節[2]是返鄉的季節。）

　　⑦ 結婚式のスピーチは長い。

　　　（婚禮上的演說很冗長。）

　　這兩句話比起①～⑤顯得相對沒有焦點，讀者也無法想像後面的內容會是什麼。不過⑥感覺會繼續討論盂蘭盆節的話題，而⑦雖然不確定會不會繼續談婚禮上的演說，但感覺多少會提到無意義的冗長演說的弊病。有些段落會選擇用這種模糊曖昧的句子做開頭。

　　不管是哪一句，這種位於段落開頭的「～は…だ」句式有一個共通特徵，即是其句意會有些模糊，且讀者可以感受到有些資訊尚未交代清楚。當讀者感到好奇，就會想更深入瞭解，進而繼續閱讀下去。

　　而描述事件內容的「～が…する／した」句式，則會在段落開頭向讀者介紹新的事件。此句式一般以助詞「～が」來帶出新話題，不過有時也會使用助詞「～は」。我們看下面⑧和⑨。

---

　　⑧ ある日、我が家にダックスフントがやってきた。

　　　（某天，有一隻臘腸狗跑來我家。）

　　⑨ 先日私は、広島出張のおりに平和記念資料館をリニュー
　　　アル後初めて訪れた。

　　　（前幾天我趁著去廣島出差，去拜訪了整修後的和平紀念
　　　資料館。）

---

⑧和⑨都是設定新場景的句子。分別以這兩個句子做為起點，我們可以想像⑧後會寫到作者是如何對抗不請自來的臘腸狗，⑨後面則會描述廣島和平紀念資料館的樣貌。

另外也有些句子能讓讀者更具體的想像出後續的內容會如何發展，如下面 ⑩～⑫。

---

⑩ 私の職場では、冷蔵庫に缶詰がぎっしり詰めてある。
  （我辦公室的冰箱裡，擺滿了許多罐頭。）

⑪ 芸能界は一年前とくらべて大きく変わってきたように
  思う。
  （我覺得演藝圈跟10年前比起來改變甚大。）

⑫ ある思想家が自著のなかで自身の臨死体験をつづって
  いる。
  （有一位思想家在著書中描述了自己的瀕死經驗。）

---

⑩看起來就要接著講，為什麼要做出把罐頭放在冰箱這種感覺沒什麼意義的行為。⑪應該會談到演藝圈跟十年前比起來「哪裡」有變、發生了「什麼樣」的變化，並舉出相關範例吧？我們似乎可以把⑩與⑪看做是和④與⑤相同類型的句子。另外⑫後面感覺要談該思想家的「瀕死經驗」具體是什麼內容。這個例句的性質，跟表達內容要素的①～③可能比較接近。

另外還有一種「～がある／起きる」句式，能更強化這個尚未交代清楚的要素的神秘性，此句式會明確強調某事件正在發生或已經發生了。

⑬ 日曜の昼、誰もいないオフィスでトイレをみがく男性が
　　いた。
　　（星期日白天，有個男人在空無一人的辦公大樓中刷馬
　　桶。）
⑭ 人生は時として想定外の事態が起きる。
　　（人生偶爾會發生意料之外的事。）

　　⑬的焦點在於「刷馬桶的男人是誰」，⑭的焦點則是「意料之外的
事」是什麼，這些要素會成為延續段落後續內容的力量。

　　段落開頭的句式有非常多種，包括闡述事件性質或關聯性的「～は
…だ」、描述事件內容的「～が…する／した」，及強調發生某事件的
「～がある／起きる」。他們都會讓讀者感受到段落開頭提供的資訊稍
微有些欠缺，並在段落後續的支持句部分補足這些欠缺的資訊。

段落開頭的接續詞

　　剛剛①到⑭中大多將主詞、時間或地點等內容放在段落最前面，但
也有些句子是以**接續詞**做開頭。不過並不是所有接續詞都適合放在段落
開頭，這跟不同接續詞形成的**句間距離**有關。

　　表示切換話題的**轉換接續詞**適合放在段落的開頭部分。例如「さて
（那麼）」、「ところで（話說）」等，這些接續詞表示接下來話題內
容會大幅轉變，因此它本來就會拉開段落開頭句與前段結尾句之間的距
離。而「しかし（但是）」、「だが（不過）」這種**逆接接續詞**和「一
方（另一方面）」、「反面（相反的）」這種**對比接續詞**，雖然切換話
題的效果沒有轉換接續詞好，但還是滿適合作為段落開頭的。這是因為

這些接續詞強調前後文章內容的差異，因此也會讓句間距離相對較遠。

「また（而且）」、「そして（然後）」這種**並列接續詞**和「まず（首先）」、「つぎに（接著）」這種**順接接續詞**，通常會被用在需要列出多個相似事項的狀況。這時如果作者對這些事項的描述篇幅較大，則這些接續詞就可以放在段落開頭，如果作者對事項的描述篇幅比較小，就不會特別分出段落，而只放在段落內使用。

「だから（所以）」、「したがって（因此）」這種**承接前句的接續詞**和「つまり（也就是說）」、「ようするに（簡而言之）」這種**換句話說的接續詞**，雖然偶而也會出現在段落開頭，不過出現頻率似乎並不高。一般當需要為前面多個段落做總結、統整此段落前的所有內容時，可能會將其放在段落開頭。不過它們通常還是用來統整單一段落內容，因此比較常出現在一個段落的結尾位置。相反的，「このように（如上所述）」、「こうして（如前所示）」這種**結論接續詞**，就適合放在許多段落連結成的一大段敘事內容的最後，用來統整整段敘事，因此它們經常出現在段落開頭位置。

「なぜなら（因為）」、「ただし（然而）」這種**補充說明接續詞**還有「たとえば（舉例來說）」、「具体的には（具體來說）」這種**舉例接續詞**的用途是詳細說明前文內容，較容易出現於小主題句的後面，也就是支持句的開頭位置。當然如果「舉例來說」後面接的範例內容極長，那麼也有可能被單獨分成一個段落。我們在考慮段落開頭時，也必須考慮到文字長度。

如上所述，一個接續詞是否可以被放在段落開頭位置，跟該接續詞所表現出的內容轉折程度有關。語意轉折強烈的接續詞，意味著該接續詞前後範圍會有較大的文意結構，因此它很適合被放在段落的開頭。相反的，語意轉折不強烈的接續詞會牽涉到的結構只有前後一小段內容，因此通常不會用在段落開頭，而會放在段落內。

所以，接續詞也是考量分段時非常有用的線索之一。雖然實際上也常有不放接續詞的句子，但就算碰到沒有接續詞的句子，只要想像一下

該句子應該使用什麼接續詞，應該也可以很輕鬆地分出段落。接續詞是衡量句間距離的量尺，在分段時可以多多應用它。

段落結尾的句子特徵

我們以**內容轉折**的角度來看段落，會在開頭跟結尾的部分注意到段落的存在。一個段落的開頭部分除了換行空兩格之外，也會出現開啟新話題的小主題句，因此我們一定會注意到段落的開頭。不過**段落結尾**的部分，我們有時候會明確注意到，有時候則會忽略掉。當段落結尾處有**小結論句**時，我們即能明確注意到一個段落的結尾，沒有小結論句的話，就不太容易注意到段落結尾。一個段落如果沒有小結論句，等於沒有了能為段落收尾的句子，因此讀者要讀到下一個段落，才會後知後覺的注意到前一個段落已經結束了。我們在此先以有小結論句的段落為討論主題，談一下什麼樣的句子適合做小結論句。

小結論句有小結論句該有的特徵。這個特徵會出現在**句尾**。讀者可以從小結論句的句尾注意到此段落在這裡結束，並準備閱讀下一個段落。句尾的表現方式大致分為三種，分別為**「解釋」**、**「評價」**、**「預告」**。我們按照順序來說明這三種表現方式。

首先是**「解釋」**的句型，會在段落中重新統整一次前面所述的全部內容。這句話會反映出寫作者對此段落內容的主觀想法。**「解釋」**可以分為**「想法類」**（思う類）、**「推測類」**（だろう類）、**「反問類」**（ではないか類）、**「說明類」**（のだ類）、**「顯見類」**（明らか類）和**「綜上所述類」**（こうした類）。

「想法類」使用「思う」等動詞來寫作者主觀的想法。除了「思う」、「考える」之外，其他常用到的動詞還有「思われる」、「考えられる」、「いえる」、「みられる」等自發動詞[3]。

サポーターという概念の登場で、日本のスポーツにおける観客やファンというものの捉え方が大きく広がったと｛思われる／考えられる／いえる／みられる｝。

（｛我想／我覺得／可以說／我認為｝狂熱支持者這個概念的出現，大幅改變了人們對於日本運動賽事中的觀眾與球迷的理解。）

「推測類」則會使用表示推測的助動詞「だろう」、「であろう」，來表達寫作者主觀看法。「まとめられよう」「示唆されよう」這種使用到意向形[4]「よう」的用法也可以視為同一類句尾。另外有些句子會用「いえよう」、「考えられよう」做收尾，這是「推測類」跟「想法類」兩種句尾的結合體。

登場人物のキャラの細かな作りこみが、優れたアニメに制作するうえで不可欠な要素だと｛いえるだろう／いえるであろう／いえよう｝。

（｛應該可以說／也許可以說／我們可以說｝，精緻細膩的登場角色設計，是製作優秀動畫時不可或缺的要素。）

「反問類」則使用「ではないか」、「ではないだろうか」這種帶疑問的句型，其內容也是用來表達寫作者主觀的看法。這類句尾常常跟下一個要說明的「斷定類」句尾合併出現，這時句尾會變成「のではないか」、「のではないだろうか」。

> 　　大人とは、その意味で、子どもらしい素直な感情表現
> を抑え込む技術を身につけた人 {ではないか／ではないだ
> ろうか}。
>
> 　　（從這個角度來說，{大人不就是／難道大人不就
> 是}能夠壓抑住自己孩子般的率性情感的人嗎？）

「**說明類**」句尾會使用「のだ」跟他的好夥伴「のである」、「の
です」。這類句子表示小結論句內容即是前文內容的總整理。而「わけ
だ」、「わけである」、「わけです」也有相同的功能。

> 　　学問は、おおよその体系が定まり、標準的な教科書が
> 作られた瞬間から、自由に発展する力を失ってしまうもの
> な {のだ／のである／のです}。
>
> 　　（當一門學問已經大致確立了研究體系，並製作出標
> 準教科書的瞬間，它就失去了自由發展的能力。）

「**顯見類**」則表示該小結論句已盡可能排除寫作者的主觀想法，它
會被用來表達為經過數據等客觀資料所證實的內容。常見的句尾有「明
らかになった」、「わかった」、「示している」、「表している」。

> 　　今回のデータから、顧問の教員は部活に情熱はあるも
> のの、負担があまりにも大きく、早急の改善が必要である
> ことが {明らかになった／わかった}。

（從這次的數據看來，〔很明顯／我們可以得知〕擔任顧問的教職員雖然對社團活動抱有熱情，但他們所承受的負擔實在過大，此情況必須盡快改善。）

　　「綜上所述類」包含「こうした」、「こうして」、「こういった」、「このような」、「このように」、「こんなふうに」等用法，這些詞並非擺在句尾而是句首位置，用來統整這句話之前的所有內容。它們本身並不含有解釋的意思，但因為承接前文內容，所以具備了解釋的功能。除了上面提到的用詞外，還有「そうした」、「そうして」這種以「そ」開頭的指示詞，另外也可以使用帶有統整前文意思的接續詞，如「以上から」、「結局」、「つまり」、「いずれにせよ」。

　　{こうした／このような／こういった} 時代の要請が、個人の働き方の選択を認める働き方改革の推進力へとつながったのである。

　　（上述這種時代的變化趨勢，有助於推進勞動改革，使世人認同多樣化的勞動方式。）

　　接下來是「評價」的句型。「評價」指的是寫作者對段落內容做出帶有主觀意見的判斷。所謂「帶有主觀意見」的意思是，這句話包含了理想的、不理想的、應該做的、不應該做的等價值判斷的元素在內。「評價」的句型可以分為「形容詞類」、「應當類」和「期望類」三種。

　　「形容詞類」小結論句藉由形容詞來表示寫作者對內容的評價。

形容詞包含「形容詞（イ形容詞）」和「形容動詞（ナ形容詞）」，種類繁多，例如「面白い」、「興味深い」、「大切だ」、「重要だ」、「有益だ」、「意味深い」、「困難だ」、「大変だ」、「重大だ」、「深刻だ」、「残念だ」、「問題だ」（嚴格來說「問題」應為名詞，但這邊歸類於形容詞類句型）。在一個段落的結尾部分放上作者的主觀評價，即暗示了該段落到此結束。

> 　　　男女の賃金格差の大きい国として、また、女性管理職が少ない国として、日本がワーストランキングに入っている現状は {深刻だ／残念だ／問題だ}。
>
> 　　　（在世界排名中，日本不管在男女薪資差異上或女性管理職人數上，都位居末位，此狀況 {相當嚴重／令人遺憾／是個問題}。）

　　「應當類」則是在小結論句中提出應該要做某件事。除了「すべきだ」之外，常見的還有「しなければならない」、「しなくてはならない」、「してはならない」、「せざるをえない」、「しかない」、「するほかない」、「する必要がある」等等。

> 　　　未来の世代にツケを回すような政策をこれ以上続けることは、無責任であると {言わざるをえない／言うしかない／言うほかない}。
>
> 　　　（{必須說／只能說／應該說}，持續推動這種會讓往後的世代承擔後果的政策，真的非常不負責任。）

「**期望類**」則利用表達冀望和期許的句尾，來顯示希望某件事情發生。常見的用語有「してほしい」、「していただきたい」、「求められる」、「望まれる」、「期待される」等等。

　　　今後は、新制度の活用が、老後の医療負担の軽減に少しでもつながることが｛求まれる／望まれる／期待される｝。

　　　（｛希望／期望／期待｝此後新制度的應用，會多少減輕老年後的醫療負擔。）

　　最後是「**預告**」的句型。「**預告**」跟「**解釋**」、「**評價**」不同，此句型不只能統整該段落的內容，也會提前告知後續段落的內容。「**預告**」分為「**疑問類**」跟「**意志類**」。

　　「**疑問類**」是利用疑問句來預告後續內容走向。寫文章也可以說是一種回答提問的行為。這種「**疑問類**」小結論句，有顯示這種文章提問的功能。主要的有「のか」、「だろうか」、「のだろうか」等句末形態。

　　　このような日系ブラジル人が日本にどのように定住し、地域コミュニティで活躍するようになった｛のか／のだろうか｝。

　　　（這些日裔巴西人｛是如何／究竟是如何｝在日本定居，又如何在地區社群中大放光彩的呢？）

而「**意志類**」是預告後續想說的內容及文章走向。常使用的句尾包括「してみたい」、「しよう」、「してみよう」、「する」等。

　　全国各地で収集した方言アクセントのデータのうち、興味深いものをいくつか紹介 {したい／してみたい／しよう／してみよう／する} 。

　　（我想從這份從全國各地收集而來的方言語調資料中，挑出其中幾個特別有趣的介紹給各位。）

以上我們從段落是文意轉折的角度，詳細探討了段落開頭及結尾部分的句子特徵。由於我們都是藉由段落開頭及結尾的句子來認知到段落，因此掌握這些句子的特點，應該能幫助我們做出淺顯易懂的分段。

譯註1：軍記物語作品（描述戰事的文學作品）。作者不明，內容主要描述平家的興衰過程。為日本文學史上的偉大遺產之一。（《日本歷史大辞典 增補改訂版第五刷》河出書房新社，1972年2月25日發行。日本歷史大辞典編集委員会。第8卷P.454-455）

譯註2：日本節日之一。傳統上會在7月15日以各種食物供養祖先之靈及孤魂野鬼，以祈求祖先冥福，脫離苦難。一般會進行掃墓、祭祀等活動。（《広辞苑 第二版》岩波書店，1969年5月16日發行。新村出。P.215）

譯註3：自發在文法上指與個人意志無關，自然產生的狀態。如「故郷のことを思われる」（想起了故鄉）。（《講談社カラー版日本語大辞典》講談社，1989年11月6日發行。梅棹忠夫・金田一春彦・坂倉篤義・日野原重明監修。P.872、2106）

譯註4：由動詞未然形、形容動詞及部分助動詞未然形加上助動詞「よう・う」而成。一般用以表現發話者的意志、勸誘、委婉命令、推測等意。（《広辞苑 第二版》岩波書店，1969年5月16日發行。新村出。P.171）

【第三章總整理】

　　我們在第三章將段落視為**文意的轉折點**。由於我們只會在段落的開頭及結尾部分注意到段落的切點，因此本章分別舉出了**段落開頭部分**以及**段落結尾部分**常見句型的特徵。前者的特徵跟**小主題句**重疊，在開啟新的話題的同時，內容上必須有些欠缺，讓讀者想要繼續閱讀下去。後者的特徵與**小結論句**相同，經常出現的有「**解釋**」或「**評價**」這種包含寫作者主觀想法的表達方式，另外還有「**預告**」這種能使讀者預測後續內容的句子。一旦掌握了段落開頭跟結尾部分常見特徵，**閱讀時**就能清楚注意到段落的轉折處，並更正確依循文章內容走向來閱讀。在**寫作時**也能夠創造出具備清晰邏輯的段落架構。

第四章
段落是接續

沒分段與有分段的文章

　　我們分別在第二章「段落是統整」中討論段落作為一個收納句子的箱子的內部結構，在第三章「段落是轉折」中討論段落的外部結構。接下來，我們要談談將這些段落箱並排在一起的時候，這樣的箱子結構會如何改變我們對文章的理解。將箱子並排在一起之後，我們就會注意到**箱子的連貫性**（Coherence）。

　　首先我們先來閱讀下面這篇完全沒分段的文章。

　　　　將棋棋士鈴木輝彥說，「我花了數十年才意識到，原來入口就是出口」。進入將棋界的入口是C級二組，離開將棋界的出口也是C級二組。將棋界是一個金字塔型的結構，其頂點為名人，下面分為A級、B級一組、B級二組、C級一組、C級二組五個等級，每個等級都有被稱做順位戰的循環比賽。在難度極高的三段循環賽獲勝，正式成為職業棋士的新人，會先進入C級二組。經過一整年嚴

格的順位戰之後，戰績進入前三名者可以升為Ｃ級一組。接下來在各等級的順位戰中，戰績為該等級前兩名者可以依序往上晉升至Ｂ級二組、Ｂ級一組和Ａ級。當棋士成為Ａ級的頂點後，就可以挑戰名人。不過很少有棋士能夠挑戰名人，而大多數棋士都會在某個等級遇到天花板，無法繼續往上晉升。接著這些棋士的棋力會因為年紀增長而漸漸衰退，等級也會逐漸下降。如果棋士的等級降為Ｃ級二組後仍是連吞敗績的話，就必須退出順位戰，進入自由聯盟。在自由聯盟待超過十年的棋士則會被強制退休。滿懷希望的年輕棋士抱著成為名人的夢想進入職業棋士的入口，也就是Ｃ級二組，並隨著能力增長一級一級往上爬。他們的眼中只有更高的等級，甚至完全不會注意到職業棋士的世界中是有出口的。不過，不管這些棋士再怎麼年輕氣盛，最終也將撞到天花板，他們將一面體會到自己才能的極限與年齡造成的棋力衰退，一面一級一級往下掉。等他們回過神來，才會發現自己已經回到了原本只以為是中間過程的Ｃ級二組，並且通往退休之路的出口已經向自己敞開大門。開頭提到鈴木輝彥的那段話，正沉重地闡述了棋士生涯的這種悲哀。我們的人生說不定也是這樣。人都有能不斷收穫新能力與更高地位的青年期，也有將陸續失去這些能力與地位的老年期。進到了老年期之後，每個人都會注意到入口跟出口其實就在同一個地方。職業棋士也好、運動選手也好、其他各行各業的人也都一樣，我們都花費生命反覆在同一條路上來回行走，慢慢在人生旅途中學會這件殘酷的事實。

接下來請讀這篇有分段的文章。

將棋棋士鈴木輝彥說，「我花了數十年才意識到，原來入口就是出口」。進入將棋界的入口是C級二組，離開將棋界的出口也是C級二組。

　　將棋界是一個金字塔型的結構，其頂點為名人，下面分為A級、B級一組、B級二組、C級一組、C級二組五個等級，每個等級都有被稱做順位戰的循環比賽。在難度極高的三段循環賽獲勝，正式成為職業棋士的新人，會先進入C級二組。經過一整年嚴格的順位戰之後，戰績進入前三名者可以升為C級一組。接下來在各等級的順位戰中，戰績為該等級前兩名者可以依序往上晉升至B級二組、B級一組和A級。當棋士成為A級的頂點後，就可以挑戰名人。

　　不過很少有棋士能夠挑戰名人，而大多數棋士都會在某個等級遇到天花板，無法繼續往上晉升。接著這些棋士的棋力會因為年紀增長而漸漸衰退，等級也會逐漸下降。如果棋士的等級降為C級二組後仍是連吞敗績的話，就必須退出順位戰，進入自由聯盟。在自由聯盟待超過十年的棋士則會被強制退休。

　　滿懷希望的年輕棋士抱著成為名人的夢想進入職業棋士的入口，也就是C級二組，並隨著能力增長一級一級往上爬。他們的眼中只有更高的等級，甚至完全不會注意到職業棋士的世界中是有出口的。

　　不過，不管這些棋士再怎麼年輕氣盛，最終也將撞到天花板，他們將一面體會到自己才能的極限與年齡造成的棋力衰退，一面一級一級往下掉。等他們回過神來，才會發現自己已經回到了原本只以為是中間過程的C級二組，並且通往退休之路的出口已經向自己敞開大門。開頭提到鈴木輝彥的那段話，正沉重地闡述了棋士生涯

的這種悲哀。

　　我們的人生說不定也是這樣。人都有能不斷收穫新能力與更高地位的青年期，也有將陸續失去這些能力與地位的老年期。進到了老年期之後，每個人都會注意到入口跟出口其實就在同一個地方。職業棋士也好、運動選手也好、其他各行各業的人也都一樣，我們都花費生命反覆在同一條路上來回行走，慢慢在人生旅途中學會這件殘酷的事實。

　　你是否有感覺到這兩篇文章的易讀性截然不同呢？只是有分段跟沒分段而已，為什麼可以造成這麼大的差別呢？

可以跳躍式傳導的段落

　　分段時會發生什麼事？句子跟文章之間會產生段落這個**位於中間的單位**，讀者可以利用段落來理解文章。

　　各位有聽過**組塊**（Chunk）一詞嗎？組塊指的是人腦在處理資訊時的單位。舉例來說，我現在的職場的正式名稱如下：

大學共同利用機關法人人間文化研究機構國立國語研究所

如果以文字為單位切分組塊的話，就會變成下面這樣：

　　大／學／共／同／利／用／機／關／法／人／人／間／文／化／研／究／機／構／國／立／國／語／研／究／所

這時的組塊數多達25個，當然非常不好讀。剛開始學習日文的人，

在閱讀時可能會像這樣一個漢字一個漢字讀，不過這在資訊處理上是最沒有效率的方式。

接著我們用語素這個能表達語意的最小單位來切分組塊。

大學／共同／利用／機關／法人／人間／文化／研究／機構／國立／國語／研究／所

這樣一來，組塊數會減少至13個，多少會讓你覺得更好讀一點。不過因為這種切分方式無法區分出大切點跟小切點，所以也不是真的非常容易讀。

這次我們切得大段一點，讓讀者更容易掌握各組塊的語意。

大學共同利用機關法人／人間文化研究機構／國立國語研究所

這樣切才總算讓這段文字變好讀了。不只組塊的數量也減少為3個，而且這三個組塊分別對應到三個不同層級，組織名是「某某法人」、機構名是「某某機構」，機關名稱則為「某某研究所」。

分段跟上述行為相同，一篇文章只有句子這種小單位的話會使讀者難以閱讀，段落可以將語意相近的句子統整在一起，使讀者能以更大的單位來理解文章，讓文章變得更好懂。這種結構說不定跟人類的神經組織有點類似。

神經纖維的信號傳導方式中，有一種方式叫做**跳躍傳導**。跳躍傳導可見於脊椎動物的神經纖維中，由於神經軸突被絕緣物質構成的薄膜團團包圍，形成名為髓鞘的團狀構造，因此神經活動電位的傳導速度會飛躍性的提升。換句話說，因為神經形成了竹節般的結構，而要傳遞的訊號會略過竹莖的其他部分，一個一個竹節跳著往下傳遞。這種結構使得有髓鞘神經的傳達速度，遠比無髓鞘的神經要快得多。

段落也具有跟上述神經髓鞘相似的功能。當文章這支竹子出現了名為段落的竹節時，讀者只需快速讀過節的部分，也就是小主題句，就能夠理解文章，大幅加快了讀者理解文章的速度。我們如果從剛剛那篇文章中抓出每一段開頭的句子，就會變成以下這樣：

　　　　將棋棋士鈴木輝彥說，「我花了數十年才意識到，原來入口就是出口」。
　　　　↓
　　　　將棋界是一個金字塔型的結構，其頂點為名人。
　　　　↓
　　　　不過很少有棋士能夠挑戰名人，而大多數棋士都會在某個等級遇到天花板，無法繼續往上晉升。
　　　　↓
　　　　滿懷希望的年輕棋士抱著成為名人的夢想進入職業棋士的入口，也就是C級二組，並隨著能力增長一級一級往上爬。
　　　　↓
　　　　不過，不管這些棋士再怎麼年輕氣盛，最終也將撞到天花板，他們將一面體會到自己才能的極限與年齡造成的棋力衰退，一面一級一級往下掉。
　　　　↓
　　　　我們的人生說不定也是這樣。

　　這就是跳躍傳導的力量。一篇文章中含有數個大話題。我們能利用分段切出每段話題的節點，並藉由段落開頭句明確點出話題內容。這麼一來，只要讀過段落開頭的句子，就能更迅速、更確實的理解文章。段落的其中一個功能即是，它能將句子合併為一個較大的資訊單位，使我們在閱讀時能夠做出跳躍傳導。

協助讀者掌握整體大綱

有分段的文章，不只能讓讀者以跳躍傳導的方式迅速掌握內容，當我們按照段落區分出的話題來理解文章時，也可以清楚掌握文章的**大綱**。我們再回頭看剛剛那篇將棋短文，來驗證這個說法吧。

> 將棋棋士鈴木輝彥說，「我花了數十年才意識到，原來入口就是出口」。進入將棋界的入口是C級二組，離開將棋界的出口也是C級二組。

我們把重點放在開頭的小主題句，本段的重點內容是「要花數十年才能意識到入口就是出口」。

> 將棋界是一個金字塔型的結構，其頂點為名人，下面分為A級、B級一組、B級二組、C級一組、C級二組五個等級，每個等級都有被稱做順位戰的循環比賽。在難度極高的三段循環賽獲勝，正式成為職業棋士的新人，會先進入C級二組。經過一整年嚴格的順位戰之後，戰績進入前三名者可以升為C級一組。接下來在各等級的順位戰中，戰績為該等級前兩名者可以依序往上晉升至B級二組、B級一組和A級。當棋士成為A級的頂點後，就可以挑戰名人。

一樣把重點放在小主題句上，再加上後面的內容，這整段內容的重點為「不斷往上升級的將棋界金字塔結構——順位戰的規則」。

> 不過很少有棋士能夠挑戰名人，而大多數棋士都會在

某個等級遇到天花板，無法繼續往上晉升。接著這些棋士的棋力會因為年紀增長而漸漸衰退，等級也會逐漸下降。如果棋士的等級降為Ｃ級二組後仍是連吞敗績的話，就必須退出順位戰，進入自由聯盟。在自由聯盟待超過十年的棋士則會被強制退休。

閱讀整段內容後，我們可以抓出這段的重點在於「不斷往下降級的將棋界金字塔結構——順位戰的規則」。

　　滿懷希望的年輕棋士抱著成為名人的夢想進入職業棋士的入口，也就是Ｃ級二組，並隨著能力增長一級一級往上爬。他們的眼中只有更高的等級，甚至完全不會注意到職業棋士的世界中是有出口的。

重點放在開頭的小主題句上，這段的重點內容為「不斷往上升級的將棋界金字塔結構——年輕棋士的心理」。

　　不過，不管這些棋士再怎麼年輕氣盛，最終也將撞到天花板，他們將一面體會到自己才能的極限與年齡造成的棋力衰退，一面一級一級往下掉。等他們回過神來，才會發現自己已經回到了原本只以為是中間過程的Ｃ級二組，並且通往退休之路的出口已經向自己敞開大門。開頭提到鈴木輝彥的那段話，正沉重地闡述了棋士生涯的這種悲哀。

重點放在開頭的小主題句上，這段的重點內容為「不斷往下降級的將棋界金字塔結構——年老棋士的心理」。

我們的人生說不定也是這樣。人都有能不斷收穫新能力與更高地位的青年期，也有將陸續失去這些能力與地位的老年期。進到了老年期之後，每個人都會注意到入口跟出口其實就在同一個地方。職業棋士也好、運動選手也好、其他各行各業的人也都一樣，我們都花費生命反覆在同一條路上來回行走，慢慢在人生旅途中學會這件殘酷的事實。

　　重點放在開頭的小主題句上，這段的重點內容為「我們人生的入口跟出口也在同一個地方」。
　　接著我們將以上內容整理成大綱的話，就會得到以下結果：

第一段…要花數十年才能意識到入口就是出口
第二段…不斷往上升級的將棋界金字塔結構——順位戰的規則…
　　　　從入口到巔峰
第三段…不斷往下降級的將棋界金字塔結構——順位戰的規則…
　　　　從巔峰到出口
第四段…不斷往上升級的將棋界金字塔結構——年輕棋士的心理…
　　　　從入口到巔峰
第五段…不斷往下降級的將棋界金字塔結構——老年棋士的心理…
　　　　從巔峰到出口
第六段…我們人生的入口跟出口也在同一個地方

　　這樣整理出來之後，我們就會注意到第一段與最後一段都在討論入口跟出口的關係。第二段與第三段成對、第四段與第五段也成對，這兩組段落雖然著力點分別為「順位戰的規則」與「棋士的心理」，不過兩組段落也都在討論成長與衰退。

另外第二段到第五段其實都在補充說明第一段的內容。假設我們將這篇文章視為一個巨大段落的話，就能夠清楚看出這篇文章的架構。第一段的功能就相當於段落中的小主題句，我們可以稱其為「主題段落」，第二段到第五段是對應到支持句的「支持段落」，第六段則是對應到小結論句的「結論段落」。將本文內容的結構畫成圖表，就會得到下面這張圖。段落的另一個功能，即是可以像這樣幫我們抓出文章架構，掌握文章背後作者的寫作意圖。（圖4-1）

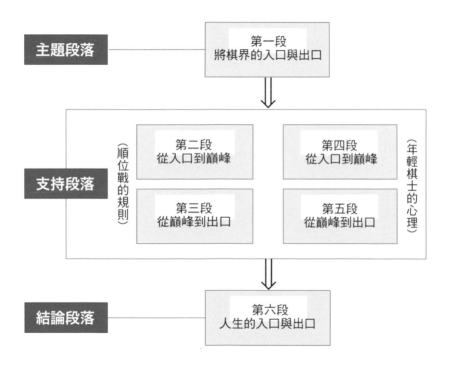

圖4-1 入口與出口

【第四章總整理】

　　我們在第四章討論到段落的連貫性。在閱讀沒有分段的文章時，讀者必須以句子為單位，一句一句仔細閱讀文章，不僅相當花費時間，也不容易掌握文章重點。段落是一個非常優秀的工具，將沒有分段的文章分段，就像為竹子加上竹節一般，只要掌握每一節的**話題核心**，讀者即能更有效率的抓出**文章重點**。另外，段落是按照文章**大綱**分隔出來的，因此透過段落，讀者能以更巨觀的視角來閱讀文章。

第五章
段落是資料夾

段落是抽屜

　　我們也許可以將沒有分段的文章比喻為未經整理、檔案雜亂的電腦桌面。雖然把檔案直接放在桌面上，可以在需要時迅速開啟，感覺滿方便的，不過若桌面上放了太多檔案，重要的檔案就容易跟其他檔案混在一起，查找起來相當費力。這時如果我們將檔案分類，把同類別的檔案放進同一個資料夾中並訂個適當的名稱，就可以避免前述這種混亂狀態。我們在第一章有提到將段落視為箱子的想法，而本章要談的則是，你也可以將段落視為**存放檔案的資料夾**。**檔案**相當於個別的句子，而**資料夾**則相當於段落。

　　將段落視為資料夾有兩個優點。第一點是，如果寫作文章等同於將自己所寫的檔案（＝句子）放進正確的資料夾（＝段落）內的話，當你要變換話題，轉移到下一個資料夾（＝段落）時，就不用再看到前一個資料夾（＝段落）中的檔案（＝句子）了。

　　人類腦內的暫存記憶體相當有限，因此我們必須將同步進行的工作量維持在一定數量內，並隨時清除已經做完的工作，才能使大腦有效

率的運作。如果大腦中一直記著過去完成的工作內容，就會妨礙新工作的執行。因此開始新工作之前，必須先刪除大腦對已完成工作的記憶。段落能協助刪除過去記憶，在寫作時如果有分段，前面寫完的話題都將被收進前面的段落中，這樣當寫作者在著手新段落時，就不會再看到前面的文字，大腦也就不會受舊內容干擾。分段等於是將已完成內容收進**抽屜**內，如果在寫作時還需要再回顧前面的內容，寫作者可以依資料夾名稱開啟檔案確認其內容。因此寫新的段落時，寫作者可以安心忘記前面所寫的所有內容。我們像這樣將前文內容依話題切成不同段落，就等同於將已經寫好的話題個別收進不同抽屜中，能有效地整理腦內資訊。（圖5-1）

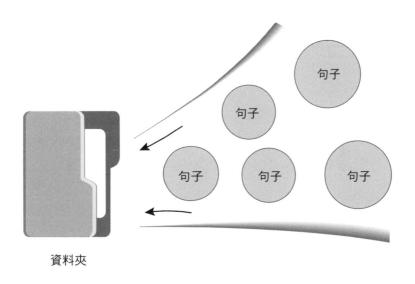

資料夾

圖5-1 段落是收納舊話題的抽屜

人類的能力是有限的，我們沒辦法同時想好幾件事，也就無法同時思考多個話題。而由於段落是以話題為單位做區分，因此一次只會談論一個話題的段落，對於以言語來思考的人類大腦而言相當有利。當人類集中於思考一個話題時，便無法同時思考其他的事。不過也正因為人類無法同時思考其他的事，因此人類針對單一話題的思考內容會相當深入，思考面向也會超乎想像的廣闊，這些想法會像枝椏般相互串連在一起。段落就是能限制大腦只針對單一話題進行深入思考的工具，當思維停滯在某處，好像無法再繼續往下深掘時，寫作者就可以先結束這個段落，進入下一個新話題，再深入探討這個新話題。也就是說，思考跟寫作是連動的，而我們可以將段落視為一種能夠限定大腦只針對單一話題進行思考的裝置，它能提高思考跟寫作的同步性。

段落是階層式資料夾

　　將段落視為資料夾的第二個好處在於，段落能展示內容的**階層性**。我們之前有看過，話題的結構並不單純。話題有大有小，談論大話題的段落較長、談論小話題的段落則較短。而且有時候大段落中會包含數個小話題，也就是說，一篇文章有可能出現段落中還有分段的**盒中盒結構**。資料夾裡面不一定只放檔案，也有可能會放其他的資料夾，因此只要將段落視為資料夾，我們就能輕鬆想像出段落的階層性結構。

　　我在第四章將段落形容為大小相同並列擺放的箱子，不過實際的段落結構不一定都長這樣。最近有不少文章都包含**兩種段落階層**。這可能是由於近來的文章比起邏輯性更重視易讀性，因此會將段落分得相對較小的關係。最近越來越常看到一篇文章中不只有換行空兩格形成的小段落，還有空一行再空兩格的大段落。**小段落**是重視易讀性的段落，通常是由寥寥數句話組成的迷你段落。而**大段落**則是重視邏輯性的段落，它是以話題的完整性做分段。大段落跟過去我們在專業書籍上會看到的段

落相同，通常一段的篇幅都相當大。我們或許可稱後者這種大段落為**複**
合段落。如上所述，段落並不一定都位於同一個階層。

　　本書中也有複合段落。因為本書除了一般的正常段落外，還有用小
標題區隔出來的大段落。新書[1]經常使用這種結構，複合段落的篇幅相較
於一般段落要大得多，這也是為了使文章兼具邏輯性與易讀性而使用的
分段方式。

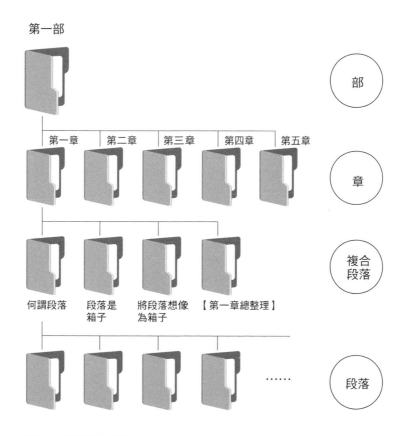

第一部

第一章　第二章　第三章　第四章　第五章

何謂段落　段落是　將段落想像　【第一章總整理】
　　　　　箱子　　為箱子

……

部

章

複合
段落

段落

圖5-2 本書的資料夾階層

來看看本書的整體架構，去掉前言和後記，本書可以分為三個部分。在目次頁你可以看到最上層的構造分為「段落的原理」、「段落的種類」、「段落與溝通」三部分。另外第一部「段落的原理」下面有五章、第二部「段落的種類」下面有三章，而「段落與溝通」下面有五章。也就是說，本書的結構包含三部、十三章。換句話說，本書的一般**段落**上面有小標題分成的**複合段落**，而複合段落上面又有**章**，章的上面還有**部**，總共有**四個階層**。狹義的段落只能代表以換行空兩格表現分段的文字集合，不過如果我們把由小標題分成的複合段落，甚至是章和部這種大段落的概念加進去，就會發現段落其實是一種相當大的單位。不過我們只要將這種多層結構想像成電腦中的資料夾，就可以輕鬆理解文章的結構了。碰到本書這種極長的文章時，只要將目次想像為資料夾結構圖，我們就可以輕鬆且有系統性的綜覽這些大大小小的段落。（圖5-2）

資料夾的結構

一起透過實際的文章，來看一下這些由段落組成的資料夾呈現什麼樣的結構吧。下面這篇文章是我在2016年6月17日於NHK（日本放送協會）教育頻道中的「視點・論點」節目中，以「強化詞彙力」為題做演說時準備的底稿。請先閱讀這篇底稿。

今天我要介紹強化自己的日語詞彙力的方法。日語能力可說是學校教育中所有學科的根基。而企業對於新進員工能力要求的排名中，溝通能力也已經連續十年以上蟬聯冠軍。日語能力跟溝通能力的共同基礎，即是詞語能力，也就是詞彙力。詞彙力能支撐一個人的理解能力、表達能力以及思考能力。那我們應該如何獲得詞彙力呢？

有些人覺得知道很多語詞的人，就是詞彙力很強的人。這樣的想法一半正確，一半是錯的。確實沒有人的詞彙量很貧乏，詞彙力卻很強。不過如果一個人知道很多語詞，卻不具備將這些語詞從大腦提取出來的能力，那麼就無法稱其為有詞彙力的人。也就是說，光是詞彙知識豐富還不夠，我們應該同時具備實際應用詞彙的能力才可以。如果一個人不具備詞彙應用能力，就無法被稱為具有詞彙力的人。

　　我們在這邊先確立詞彙力的定義吧。詞彙力指的是「詞彙的知識」×「詞彙的應用」。也就是說，詞彙力包含了知道許多不同詞語的數量面，以及可以自由應用這些詞語的質量面兩個面向。

　　先來思考要如何從數量面來增強詞彙力，也就是如何增加自己所知的詞彙量。我們今天要介紹的方式有兩種。第一種是認識世界。詞語並不是獨立於現實世界之外的存在。它們反映了現實世界，跟現實世界緊密相連。

　　以電腦或手機送出的電子郵件為例。30年前電腦通訊才剛開始發展，多數人都不知道電子郵件是什麼。不過隨著電子郵件的世界越來越發達，我們也漸漸熟悉了其存在，也自然而然就可以說出跟電子郵件有關的詞語了。

　　我每天早上打開電腦就會先看信箱。需要聯絡某個人的時候，我必須「建立」電子郵件，在郵件上打上「主旨」、選擇「收件人」，把相關人士加入「副本」，然後「夾帶」需要的檔案，最終按下「傳送」。寄出之後，我可以點選收件按鈕來「收件」，並確認收件匣內的「未讀」信件，有需要的話可能會「回信」或「轉寄」給相關人士。另外如果收到了不知道是誰寄的「垃圾信件」，我則會將它「刪除」。

這些跟電子郵件有關的一系列詞語，放在30年前應該幾乎沒有人聽得懂吧？我們接觸到電子郵件的世界後，自然而然的就增加了自己的詞彙量。也就是說，我們能透過自己的親身經歷，或者透過閱讀等間接的經歷，來學習世界與詞彙的相關性。

接下來從詞彙的角度出發來思考，另一種增加詞彙量的方法，就是增加近義詞的數量。

各位現在如果抬頭看看房間裡的天花板，應該能看到「電燈」吧？請思考一下「電燈」這個詞，是不是能換成其他詞語呢？你可能會先想到日式的「明かり（燈）」還有比較西式的「ライト（Light）」。另外也有些人可能會想到電器行會出現的「照明（照明）」和「蛍光灯（螢光燈）」等專業用語。像這樣跟「電燈」意思相近的近義詞有「明かり（燈）」、「ライト（Light）」、「照明（照明）」和「蛍光灯（螢光燈）」等等。我們只要像這樣找出詞語的近義詞，就能夠有效率的增加自己的詞彙量了。

討論近義詞時要注意的重點是和語、漢語、外來語等不同語種的差異。和語指的是日本原有的詞語，也就是寫作漢字時必須使用訓讀[1]的詞語。漢語則主要是從中國傳來的詞語，也就是必須要音讀的詞語。外來語則是近代由其他語言，特別是英語中引入的詞語，也就是要寫作片假名的詞語。以「電燈」為例，「明かり（燈）」為和語、「照明（照明）」為漢語，「ライト（Light）」則為外來語。以語種差異作為輔助工具，能幫我們更輕鬆找出詞語的近義詞。

綜上所述，要增加詞彙量的話，有兩種有效方法，分別為認識世界以及增加近義詞。

那麼接著來談，如何從質量面來增強自己的詞彙力，

也就是如何應用不同詞語。運用詞彙時，必須要選擇符合文章脈絡的語詞。而所謂選擇語詞，可以再細分為理解跟表達兩種面向。

　　我們在理解一篇文章時，必須依照文章脈絡選擇文句內詞語的語意。「体調が悪いので、お酒を控えている（因為身體狀況不太好，所以正在避免喝酒）」中的「控える」是什麼意思呢？這邊的「控える」跟「控えめ（謹慎保守）」中的「控え」相同，指的是節制、克制的意思。那麼「念のため、お名前を控えさせていただきます（以防萬一，我先記下您的名字）」的「控える」又是什麼意思？這邊的「控える」跟交易收據中的「控え（留執聯）」語意相同，指記錄、抄寫的意思。那麼「子役の俳優は、出番を控えて緊張している（童星演員在等待出場前感到緊張）」的「控える」又是指什麼呢？這邊的「控える」跟「控え室（待機室、休息室）的「控え」一樣，指的是等待、待機的意思。

　　像「控える」這種一詞多義的詞語被稱為「多義詞」，而近年來數量暴增的外來語多義詞則是其中最複雜的一種。例如「旅行の写真をブログにアップした（我把旅行的照片上傳到部落格裡了）」的「アップ」指的是アップロード（上傳），而「映画のラストシーンで主役の俳優がアップになった（電影的最後一幕是主角的特寫）」的「アップ」指クローズアップ（特寫），「試合の後半になって、控え選手がアップを始めた（到了比賽後半場，替補球員開始熱身）」的「アップ」則指ウォーミングアップ（熱身）。另外ソフトクリーム（霜淇淋）和ソフトボール（壘球）和ソフトコンタクトレンズ（軟式隱形眼鏡）都簡稱為「ソフト」，而ブラックコーヒー

（黑咖啡）、ブラックジョーク（黑色笑話）及ブラック企業（黑心企業）也都可以簡稱「ブラック」，非常不好懂。要讀懂外來語的簡稱，必須具備相當強的詞彙力。

相反的，在表達時，就必須從前面「電燈」那段提到的許多近義詞中，選出最符合文章脈絡的詞彙。以丟垃圾為例，分可燃垃圾跟不可燃垃圾的時候，應該不會用「分類する（分類）」這個詞吧？這種脈絡下，必須使用「分別する（分開）」一詞才最為適宜。另外我們會說清潔隊來「収集（收集）」可燃垃圾跟不可燃垃圾，但碰到可回收垃圾時又應該用什麼詞呢？清潔隊應該是「回収（回收）」可回收垃圾，而非「収集（收集）」可回收垃圾才對。另外搬家時如果要統一丟掉不需要的物品，我們又會使用哪些詞語呢？雖然也可以「廃棄する（丟棄）」掉不需要的物品，但如果使用「処分する（處理）」，就更有將不需要的物品集合起來丟掉的語感。

選擇多義詞中的哪一個語意，選擇近義詞中的哪一個詞，都能表現出一個人的用詞品味。只要提高所知的詞彙量就能提升自己的詞彙力這種說法完全只是癡心妄想。除了知識量之外，一個人還必須具備能配合文章脈絡選擇適當詞語的應用能力，才算是真正擁有詞彙力。

這篇文章很長，你是否有在腦中整理出這些段落形成的資料夾架構長什麼樣子呢？因為這個節目的觀眾只能用耳朵聽講稿內容，因此我在設計結構的時候，有特別將這篇文章設計為只用耳朵聽也能輕鬆整理出話題重點的架構。

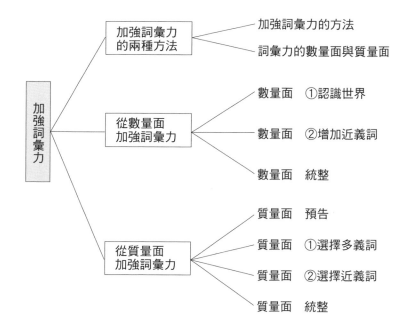

圖5-3　強化詞彙力的資料夾階層結構

　　這篇文章的大綱如下：強化詞彙力的方法有兩種，分別為從數量面與從質量面著手。而要從數量面增強詞彙力的方法包含認識世界及增加近義詞，從質量面增強詞彙力的方法則包含要訓練如何在理解文章時選擇正確的詞義，以及在表達時如何從多個近義詞中選擇適當詞彙。將此結構畫為圖表如上。（圖5-3）

　　我們將整篇文章的結構結合段落內容製作為圖表後，就會得到下一頁開始的文章結構圖。

加強詞彙力的兩種方法

加強詞彙力的方法

今天我要介紹強化自己的日語詞彙力的方法。日語能力可說是學校教育中所有學科的根基。而企業對於新進員工能力要求的排名中，溝通能力也已經連續十年以上蟬聯冠軍。日語能力跟溝通能力的共同基礎，即是詞語能力，也就是詞彙力。詞彙力能支撐一個人的理解能力、表達能力以及思考能力。那我們應該如何獲得詞彙力呢？

詞彙力的數量面與質量面

有些人覺得知道很多語詞的人就是詞彙力很強的人。這樣的想法一半正確，一半是錯的。確實沒有人的詞彙量很貧乏，詞彙力卻很強。不過如果一個人知道很多語詞，卻不具備將這些語詞從大腦提取出來的能力，那麼就無法稱其為有詞彙力的人。也就是說，光是詞彙知識豐富還不夠，我們應該同時具備實際應用詞彙的能力才可以。如果一個人不具備詞彙應用能力，就無法被稱為具有詞彙力的人。

我們在這邊先確立詞彙力的定義吧。詞彙力指的是「詞彙的知識」×「詞彙的應用」。也就是說，詞彙力包含了知道許多不同詞語的數量面，以及可以自由應用這些詞語的質量面兩個面向。

從數量面加強詞彙力

數量面　①認識世界

　　先來思考要如何從數量面來增強詞彙力，也就是如何增加自己所知的詞彙量。我們今天要介紹的方式有兩種。第一種是認識世界。詞語並不是獨立於現實世界之外的存在。它們反映了現實世界，跟現實世界緊密相連。

　　以電腦或手機送出的電子郵件為例。30年前電腦通訊才剛開始發展，多數人都不知道電子郵件是什麼。不過隨著電子郵件的世界越來越發達，我們也漸漸熟悉了其存在，也自然而然就可以說出跟電子郵件有關的詞語了。

　　我每天早上打開電腦就會先看信箱。需要聯絡某個人的時候，我必須「建立」電子郵件，在郵件上打上「主旨」、選擇「收件人」，把相關人士加入「副本」，然後「夾帶」需要的檔案，最終按下「傳送」。寄出之後，我可以點選收件按鈕來「收件」，並確認收件匣內的「未讀」信件，有需要的話可能會「回信」或「轉寄」給相關人士。另外如果收到了不知道是誰寄的「垃圾信件」，我則會將它「刪除」。

　　這些跟電子郵件有關的一系列詞語，放在30年前應該幾乎沒有人聽得懂吧？我們接觸到電子郵件的世界後，自然而然的就增加了自己的詞彙量。也就是說，我們能透過親身經歷，或者透過閱讀等間接的經歷，來學習世界與詞彙的相關性。

數量面　②增加近義詞

　　接下來從詞彙的角度出發來思考，另一種增加詞彙量的方法，就是增加近義詞的數量。

　　各位現在如果抬頭看看房間裡的天花板，應該能看到「電燈」吧？請思考一下「電燈」這個詞，是不是能換成其他詞語呢？你可能會先想到日式的「明かり（燈）」還有比較西式的「ライト（Light）」。另外也有些人可能會想到電器行會出現的「照明（照明）」和「蛍光灯（螢光燈）」等專業用語。像這樣跟「電燈」意思相近的近義詞有「明かり（燈）」、「ライト（Light）」、「照明（照明）」和「蛍光灯（螢光燈）」等等。我們只要像這樣找出詞語的近義詞，就能夠有效率的增加自己的詞彙量了。

　　討論近義詞時要注意的重點是和語、漢語、外來語等不同語種的差異。和語指的是日本原有的詞語，也就是寫作漢字時必須使用訓讀[1]的詞語。漢語則主要是從中國傳來的詞語，也就是必須要音讀的詞語。外來語則是近代由其他語言，特別是英語中引入的詞語，也就是要寫作片假名的詞語。以「電燈」為例，「明かり（燈）」為和語、「照明（照明）」為漢語，「ライト（Light）」則為外來語。以語種差異作為輔助工具，能幫我們更輕鬆找出詞語的近義詞。

數量面　統整

　　綜上所述，要增加詞彙量的話，有兩種有效方法，分別為認識世界以及增加近義詞。

從質量面加強詞彙力

質量面　預告

　　那麼接著來談，如何從質量面來增強自己的詞彙力，也就是如何應用不同詞語。運用詞彙時，必須要選擇符合文章脈絡的語詞。而所謂選擇語詞，可以再細分為理解跟表達兩種面向。

質量面　①選擇多義詞

　　我們在理解一篇文章時，必須依照文章脈絡選擇文句內詞語的語意。「体調が悪いので、お酒を控えている（因為身體狀況不太好，所以要避免喝酒）」中的「控える」是什麼意思呢？這邊的「控える」跟「控えめ（謹慎保守）」中的「控え」相同，指的是節制、克制的意思。那麼「念のため、お名前を控えさせていただきます（以防萬一，我先記下您的名字）」的「控える」又是什麼意思？這邊的「控える」跟交易收據中的「控え（留執聯）」語意相同，指記錄、抄寫的意思。那麼「子役の俳優は、出番を控えて緊張している（童星演員在等待出場前感到緊張）」的「控える」又是指什麼呢？這邊的「控える」跟「控え室（待機室、休息室）的「控え」一樣，指的是等待、待機的意思。

　　像「控える」這種一詞多義的詞語被稱為「多義詞」，而近年來數量暴增的外來語多義詞則是其中最複雜的一種。例如「旅行の写真をブログにアップした（我把旅行的照片上傳到部落格裡了）」的「アップ」指的是アップロード

（上傳），而「映画のラストシーンで主役の俳優がアップ
になった（電影的最後一幕是主角的特寫）」的「アップ」
指クローズアップ（特寫），「試合の後半になって、控
え選手がアップを始めた（到了比賽後半場，替補球員開始
熱身）」的「アップ」則指ウォーミングアップ（熱身）。
另外ソフトクリーム（霜淇淋）和ソフトボール（壘球）和
ソフトコンタクトレンズ（軟式隱形眼鏡）都簡稱為「ソフ
ト」，而ブラックコーヒー（黑咖啡）、ブラックジョーク
（黑色笑話）及ブラック企業（黑心企業）也都可以簡稱
「ブラック」，非常不好懂。要讀懂外來語的簡稱，必須具
備相當強的詞彙力。

質量面　②選擇近義詞

　　相反的，在表達時，就必須從前面「電燈」那段提到
的許多近義詞中，選出最符合文章脈絡的詞彙。以丟垃圾為
例，分可燃垃圾跟不可燃垃圾的時候，應該不會用「分類す
る（分類）」這個詞吧？這種脈絡下，必須使用「分別する
（分開）」一詞才最為適宜。另外我們會說清潔隊來「収集
（收集）」可燃垃圾跟不可燃垃圾，但碰到可回收垃圾時又
應該用什麼詞呢？清潔隊應該是「回収（回收）」可回收垃
圾，而非「収集（收集）」可回收垃圾才對。另外搬家時如
果要統一丟掉不需要的物品，我們又會使用哪些詞語呢？雖
然也可以「廃棄する（丟棄）」掉不需要的物品，但如果使
用「処分する（處理）」，就更有將不需要的物品集合起來
丟掉的語感。

質量面　統整

選擇多義詞中的哪一個語意,選擇近義詞中的哪一個
詞,都能表現出一個人的用詞品味。只要提高所知的詞彙量
就能提升自己的詞彙力這種說法完全只是癡心妄想。除了知
識量之外,一個人還必須具備能配合文章脈絡選擇適當詞語
的應用能力,才算是真正擁有詞彙力。

像這樣以圖表方式列出,應該就能夠看出段落有著能夠對應文章整
體構造的階層性結構,並能使文章變得更好讀吧?

「走向」和「架構」交會之處

我們在寫文章時,是如何安排段落的呢?是將數個句子連接起來,
收進一個資料夾裡嗎?或是正好相反,先明確意識到段落的存在,再於
各段落內串接出所需的句子呢?

文章分段的方法有兩種,一種是「由下而上(Bottom-Up)」法,
即是將數個句子整理組合後分出段落,另一種是「由上而下(Top-
Down)」法,先設計好整體大綱,將大綱細分成段落,再為各段落寫出
相應的句子。不過寫作者很難只用其中一種方式進行分段,我自己在寫
這本書時,也同時使用了「由下而上」和「由上而下」兩種分段法。

開始寫作本書前,我先和編輯商量了整體該包含什麼內容,並制訂
出綱要。另外我也有先訂好各部、章、小標題,再依設計好的架構寫出
內容。寫作時經常會遇到章節標題與內容不相符的狀況,這時我會思考

應該以標題為優先，改變現在所寫的內容走向來符合原有結構，或以現在寫的文字為優先，更改原先的寫作計畫。

　　寫文章就是寫句子。任何一位寫文章的人，都不可能一次寫出整篇文章，而必須孜孜矻矻的一字一句寫下去才行。而分段說穿了，也就只是在書寫文句時，偶爾換行空兩格做個記號而已。寫文章就只是寫句子。寫一整本書，也不過就是連續寫出數百、數千行句子而已。所謂寫文章，就是在執筆過程中配合當下文章脈絡，一句句以適合的文字將內容接續下去，最終織出一條名為文章的布匹。我們就將這種配合當下文章脈絡，持續即興創造出文句的這種「由下而上」寫作的行為稱作「走向」好了。

　　另一方面，寫文章的人都有被稱作「大綱」的文章結構圖。心思細膩的寫作者一般會先訂好相當精細的大綱，並依照大綱來寫文章吧？這種「由上而下」寫作的行為，我們就稱其為「架構」好了。

　　上述的「走向」和「架構」，是參考寫作研究名家林四郎氏提出的論點（林1973／2013）。林氏所述如下（林1973，頁15～16）。

　　　　不斷將文句串接起來，就能寫出一篇文章。如果將此行為看作我們進行語言思考的投射，我認為基本上有兩種相反的力同時在推進我們的語言思考。其分別為接續力和分離力。我們在思考一則資訊時，會出現一股主要的力，讓我們聯想起與該資訊相關的訊息，從一個詞彙聯想到下一個詞彙。一般我們在思考時，是一受外在事物刺激，就不由自主的自動聯想起相關訊息，而不是單純被動的讓這些外在想法直接掠過腦海，聽一聽就過了。同時在思考時，大腦也會適當控制住自動聯想的力，盡量避免讓思緒隨機飄到跟所想資訊有關的一切訊息上，並時不時在思考過程中投入能推進思考的新資訊。

　　　　將思緒轉移至相關訊息的力即是接續力，加入新資

訊的力則是分離力。（中略）而語言表達中的分離力之特色在於，雖然它會切斷我們的聯想思考，其目的卻是為了讓語句可以接續下去。我想將大腦不由自主聯想相關資訊的動作稱為「走向」，並將這種刻意切斷聯想的動作稱為「架構」。因為它是為了架構出語言邏輯而將思緒切斷，而不是毫無理由的中斷思考。

也就是說，自然接續先前脈絡的力為「走向」，而為引入新資訊而刻意切斷脈絡的力則稱為「架構」。林氏的論述主要討論詞彙這種寫作文章時較小的組成元素，不過我希望本書能借用「走向」和「架構」的概念，來討論段落中的文句這種較大的單位。

「走向」和「架構」是相互抗衡的力量。當「走向」漫無目的的向前奔跑時，「架構」會負責踩下煞車。因為如果順著當下的想法一路書寫下去，文章就會往無法預測的方向發展。相反的，如果「架構」過度壓抑「走向」，「走向」也會不受控制。寫作者無法按照原訂的「架構」來書寫，就是因為「架構」本身有問題，我們必須配合「走向」來修正「架構」，才能寫出自然流暢的文章。文章不僅是「架構」和「走向」無止盡的交戰過程，也是兩者間相互協調的歷史。寫作者將這樣相互協調的歷史以文字形式記錄下來，讀者則將該內容當作文章來閱讀和理解。按照此邏輯，段落就是「走向」和「架構」相互對峙、協調之地吧？它是「由下而上」式寫作法和「由上而下」式寫作法交會的十字路口。

有一說將人的視野比喻為「魚眼」和「鳥眼」。「魚眼」指魚在海中游泳所看見的水中世界。魚會一邊游泳一邊感知潮汐流向或天敵的位置。「鳥眼」則是從海面上空眺望所見的世界。鳥能從上空觀察魚朝哪個方向前進。若要讓在海中泅泳的魚正確朝目的地前行，就必須結合「魚眼」和「鳥眼」。「魚眼」即為「走向」，而「鳥眼」就是「架構」。我們在書寫或閱讀文章時，會反覆切換「魚眼」和「鳥眼」。如此才能創作出更高品質的語言活動。

如果將寫文章比擬為開車的話，我們在開車時會參考導航系統，而導航會以從空中鳥瞰地面的「鳥眼」來為我們指引方向。不過手握方向盤的我們，對導航系統的指示不一定照單全收。我們會以「魚眼」來觀察周遭情況，如道路堵塞狀況、道路工程、上放學時間等尖峰時段的路況、道路寬度或行車可見度，還有紅綠燈切換的時機點等，順著行車的「車流」機動性的變換行進道路。我們會一邊開車，一邊轉換不同視角，做出綜合判斷，偶爾尊重導航系統的「鳥眼」，偶爾則以自身所判斷之路況，即「魚眼」為優先。這種在開車的同時藉由自身判斷，在「鳥眼」和「魚眼」兩種觀點間做取捨的動作，跟我們在寫作時一面參考大綱，一面根據寫作當下情況選擇文句的行為非常相似。如果將段落視為「預先制定的寫作計畫」及「執筆過程中不斷冒出的即興靈感」兩者融合而生的產物的話，寫作文章時的思考方式也會變得更多樣化吧？（圖5-4）

訓讀1：日文漢字音分為音讀及訓讀。訓讀指借用漢字的形、意，但以既存的固有語標音，音讀則保留當初傳入日本的古漢語字音。

譯註1：新書為日本的一種出版品形式，版型略小於B6尺寸，是收錄較入門輕鬆之讀物的系列書籍。（《広辞苑　第二版》岩波書店，1969年5月16日發行。新村出。P.1152）

圖5-4 「鳥眼」和「魚眼」

【第五章總整理】

　　我們在第五章討論段落是資料夾。將段落想像為放了許多句子的資料夾有兩個好處，其一是由於句子已經被封存在名為段落的資料夾內，因此平常寫作時可以忘記前面句子的內容，需要的時候再像打開抽屜一般取出必要資訊即可。另一個好處是，只要將裝著句子的資料夾放進上層資料夾，再把這些上層資料夾都收進更上層的資料夾內，就能建立出階層式資料夾。我們順著「走向」寫作文章時，因為只會注意當下正在寫作的句子的前後一小段脈絡，並將這些句子全都收進段落中，因此容易使段落間關係鬆散。這時如果我們能同時依循「架構」來建構段落，並將每個段落像填空般塞進整體架構中，就能使段落間的關係更加緊密。也就是說，一句一句不斷續寫出的由下而上式段落，與由文章大架構拆解出的由上而下式段落相交後，便形成了段落的階層性。

第二部
段落的種類

第六章
形式段落和意義段落

形式段落和意義段落的論爭

我們在第一部談到段落的構造，並將段落比喻為箱子和資料夾等容器。而在第二部，我想談談段落的種類。

首先是形式段落和意義段落。我想大概有很多人不知道形式段落和意義段落的區別為何。簡單來說段落是以換行空兩格的方式呈現出的文章結構，我們將這種段落稱為**形式段落**[1]，因為它具備換行空兩格分段形式。而**意義段落**強調段落內容的完整性，它不具有換行空兩格的形式。當然也有人反對將這種光有內容整合性卻不具分段形式的文字稱為段落。事實上在學界中，專門研究文章構造及功能的文章研究學者們也曾針對意義段落發生過論爭。

我之前有提過佐久間まゆみ是日本段落研究的先鋒，這位教授在學生時代曾師事兩位教師。其中一位是大學時期指導她的東京學藝大學永野賢教授，另一位則是研究所時期的御茶水女子大學市川孝教授。這兩位皆為文章研究界的知名學者，兩位的理論雖然有許多共通點，對於段落的見解卻是對立的。

永野氏只認同形式段落的存在。他的論點如下：

　　有人將「段落」分為「形式段落」和「意義段落」。
這樣的區別主要是以國語教育[2]的立場為出發點，不過我認
為使用這些術語是不妥的。〔中略〕問題點在於，我們在
討論意義段落時，容易無視（或忽略掉）形式上的切點，
也就是實際上有換行的部分。而且將兩者分別命名為形式
段落和意義段落，其基礎根本來自於「『由意義區分的段
落』比『光有形式的段落』更重要」的思維模式。這樣的
思維是有問題的。〔中略〕所謂的形式段落並不是只有形
式而已。一個段落之所以會換行分段，應該是因為他在內
容（意義）上有換行的理由才對。這些段落都是因為文意
上出現某種斷點才換行的。
　　　　　　　　　　　　（永野1986，P.94〜95）

　　我們可以理解為，形式上在文章某處分出段落本身就是有其意義
的，因此研究者應該以形式上的分段為出發點進行討論。我認為這個主
張相當有道理。永野教授之所以如此注重形式，可能是因為他在大學時
代受到當時的老師橋本進吉的影響。橋本教授開創了注重形式的文法理
論，而日語教育現場也接納了這種注重形式的觀點，此理論大幅影響了
現今日本學校的文法教育。
　　而市川氏則提出了不同主張，他從較實際的角度提出想法。

　　　　實際上，不少文章在內容上的分隔點與形式上的分段
點是不一致的。在廣泛研究各式各樣的文章時，研究者必
須將思考重點放在段落內容的完整性。這時我們可以使用
「文段」一詞進行思考，並將文段定義為「一般為文章內
部句子的組合（或只有單獨一句），其內容有完整性，能

相對與文章其他部分區隔開來」。

（市川1978，P.126）

　　確實「不少文章在內容上的分隔點與形式上的分段點是不一致的」。也就是一篇文章的形式段落與意義段落可能會分在不一樣的位置。當我們將原本有分段的文章改為沒有分段，並請另一人進行分段時，也幾乎不會有人的分段方式會跟原文相符。佐久間氏曾進行過一項研究（佐久間1979），她在實驗中請受試者為報紙上的社論文章分段，美國的161位受試者中有37人的分段結果跟《紐約時報》的社論原文一模一樣，而日本的97位受試者中，卻沒有任何一人的分段結果跟《朝日新聞》的社論原文相同。根據這個實驗結果我們可以說，英文文章原本就比日文文章有更明顯的文意區隔，能讓人更明確地分出段落。這是因為英文文章都是以小主題句為核心，依循段落寫作技巧所創作出來的。

　　另外必須注意的是，市川氏將意義段落稱作「文段」。正如同永野教授所述，一段文字必須要換行空兩格才能被稱作段落，不具備這個形式就不是段落。因此市川氏引入了「文段」這個新概念。佐久間氏則將「文段」的概念繼續往下延伸，除了文章中的「文段」之外，她還創造出「話段」的概念來對應口頭敘述時的意義段落，並將「文段」和「話段」統稱為「段」（佐久間1987）。也就是說，她將形式段落稱為「段落」，意義段落稱為「段」，並把兩者的定義嚴格地區別開來。

設定「段」的意義

　　接下來我們來談談，將意義段落，也就是「段」的概念，與形式段落，即「段落」的概念區分開來的意義為何。

　　首先，在文章研究的領域上，建立出「段」的概念有其研究上的意義。設定出「段」並將其從「段落」中區隔出來，能使研究者正確掌握

到由多個句子所組合而成、更具完整性的內容。佐久間氏在一連串研究中詳細地討論了此部分，如果希望更深入探討，可以參考她的論文。我在這邊先簡單將其內容整理為三個重點。

「段」的第一個意義在於，它跟作者主觀分出的段落不同，是以**核心句的總括功能**為基礎來決定的。而核心句在意義和形式上都具有能被判別出的特徵，因此「段」能使研究者以更客觀的角度來辨別內容的分塊。段落是由作者自己衡量出的切點，因此會反映出作者本身之性格，就算要將其當作一種語言現象來分析，還是缺乏客觀性。

第二個意義是，與只能表現單一階層結構的「段落」不同，「段」可以表現出由段之間的**統合關係建立出的多重結構**，因此它能夠立體呈現出文章的架構。我們在第五章「段落是資料夾」中也有提到，實際的文章具有像在資料夾內還放有資料夾一般的階層式結構。在書寫論文等學術文章時，我們也會將小標題訂為類似「4-1-2 由環境面進行考察」的形式，而當我們要以語言學角度來探討「4-1-2」的階層式構造時，伸縮自如的「段」的概念也對研究者大有助益。

第三個意義在於，口頭闡述的言論中無法以換行空兩格的形式呈現出段落，不過我們還是能利用「段」的概念來探討談話內容的分塊。這也就是所謂**「話段」**，相對於書寫時的**「文段」**概念。「話段」的概念尤其在分析大學教授講課這種極為複雜的言論時會非常有用（佐久間編著2010）。

另外，「段」這個概念不只對於學術研究有意義，在書寫或閱讀文章時，「段」也有相當實用的功能性意義。

第一個意義在於，「段」能使作者寫出結構清楚、邏輯性強的文章。**大綱**是文章的設計圖，如果作者先設定出核心句、整理出大綱，到了實際寫作時，即能按照核心句內容延伸擴寫創造出「段」，而以「段」來分段落的話，我們就能夠寫出邏輯通順容易閱讀的文章。除了寫作之外，在說話時如果能先列出核心句建構大綱，再按照核心句內容往下發展，也能夠有效確保敘述內容首尾一致。

第二個意義在於，我們在閱讀時如果能掌握比段落更高一階的完整意思，就能夠更清楚的理解文章。尤其最近越來越多文章的段落變得瑣碎短小，雖然這樣的分段方式能使讀者更容易閱讀局部內容，卻會讓人不容易抓出文章的整體脈絡。不過只要我們擁有「段」的概念，懂得將多個段落整合為複合段落來理解，就能夠**從宏觀角度來理解**文章，且更容易掌握作者想傳達的主旨。

　　其實我現在所寫的這個部分，原本也是分為「研究上的意義」和「實用面的意義」兩個大段落。不過如果只分兩個段落，單一段落會變得非常長，讓讀者會不太容易閱讀，因此我又將「研究上的意義」和「實用面的意義」分別再細分為「第一個意義」、「第二個意義」、「第三個意義」三個小段落。如果各位讀者在閱讀時有注意到這件事，並將本書的這個部分區分為「研究上的意義」和「實用面的意義」兩大「段」來閱讀的話，就能更明確掌握到我想要說的主旨。

　　第三個功能是，「段」的存在可以故意讓意義段落和形式段落的斷點不同。我們在寫作時如果依照核心句規範的內容寫出有一致性的「段」，並依照「段」來分段落的話，雖然能使文章更清楚有邏輯性，卻也會顯得枯燥單調。這時可以故意不按照「段」的切點來分段落，讓意義段落與形式段落分在不同位置，就能使文章更有深度及韻味。

　　對段落提出了嶄新見解的塚原鐵雄氏針對上述這點有一段相當有趣的討論。他將段落分為邏輯段落與修辭段落。

　　　　這兩種段落分別是以作者的創作意圖與文章的邏輯架構為基礎，理論上並不相同。因此我想將為了使文章結構具邏輯性而設定出的段落命名為邏輯段落，並將實際書寫文章時確立出的段落稱為修辭段落。
　　　　（塚原1966a，P.2）

　　基於文章邏輯架構所設定的**邏輯段落**相當於「段」，而基於作者創

作意圖設定的**修辭段落**則相當於「段落」。也就是說，塚原氏認為寫作時故意讓意義段落與形式段落分在不同位置是作者的一種修辭技法，並認可了形式段落的存在意義。如此一來我們可得知，同樣是形式段落跟意義段落的斷點不同，有可能會被認為是作者的能力不足所致，也可能被認為是作者善用修辭的結果，各家見解迥然不同。（圖6-1）

　　順帶一提，聽說中文裡的段落稱為「段」，按照文章的邏輯架構分出的邏輯段落稱為「論理段」、「意義段」，而依作者的創作意圖分出的修辭段落則稱為「自然段」。

	形式段落	意義段落
永野賢	段落	（不承認）
市川孝	段落	文段
佐久間まゆみ	段落	文段（與口語表達中的「話段」合稱為「段」）
塚原鐵雄	修辭段落	邏輯段落

圖6-1 各學者對形式段落及意義段落的見解

譯註1：台灣稱形式段落為「自然段」，意義段落為「意義段」。意義段中可包含多個自然段。
　　　（陳添球、廖慧卿（2009）。台灣三種版本國小三年級語文教科書課文篇章結構的批判與重建。論文發表於香港教育學院舉辦之「小學教育國際研討會」香港。）
譯註2：日語教育。

【第六章總整理】

　　第六章我們將段落分為**形式段落**與**意義段落**。雖然沒有任何學者否定形式段落的存在意義，不過學者對意義段落的存在意義卻各有見解。肯定其存在意義的佐久間まゆみ教授將書寫時的「**文段**」和說話時的「**話段**」合稱為「**段**」，能夠使研究者以客觀角度來掌握言談篇章中的語義分塊。不管是考量到整合段落的**總括力**，或考量像階層式資料夾一般的**多重段落構造**，「段」的存在都相當有意義。最重要的是，在無法以換行空兩格這種形式分段的口語表述中，「段」能夠使人注意到話語中有類似於段落的完整意思區塊。在這一點上，「段」功不可沒。

第七章
絕對段落和相對段落

「段落群」和「文塊」

我們在前一章最後提到塚原氏的段落理論。不過除了「邏輯段落」和「修辭段落」之外，塚原氏還提出了另一個嶄新的論點，即**「基本段落」**和**「段落群」**的概念（塚原1996b）。他認為最小的段落等同於一句話，最大的段落則等同於一篇文章。句子是段落的基本單位，也就是「基本段落」。數個「基本段落」可以組成「段落群」，而最大的「段落群」就是一整篇文章。確實小主題句和小結論句這種核心句能明確概括段落內容，其內容相當於一整個段落的內容，能夠清楚闡述文章整體內容的主題句，其內容也等同於一整篇文章。而核心句以外的支持句，必須要與其他支持句連結成「段落群」，才能涵蓋到與核心句這種「基本段落」相同的內容分量。從單獨一句話出發，數句話串連起來形成了段落，最終結合成一整篇文章。這樣的思考方式非常合理，也是平常不太容易想出來的嶄新想法。

我認為上述論點說不定跟林四郎氏的**「文塊」**有些相近。「文塊」指的是人在理解文章的過程中，將相鄰的多個句子連結在一起形成緊密

關係，在文章脈絡中融合成為一句話。林氏將其定義為「句子間的滾雪球現象」（林1998，P.206），就像小雪球在雪地上滾動，漸漸黏起周邊的雪花形成大雪球一樣，我們在閱讀文章時，成為內核的句子也會陸續吸納與其相近的內容，形成巨大的文塊。

　　「段落群」和「文塊」的概念跟一般段落在內容原理的定義上有所區別。這樣看來我們或許可以將這兩者與「意義段落」、「段」視為同一類概念，不過，在想法的出發點上，與重視切點的「意義段落」，和強調以核心句的總括機能形成具一致性內容的「段」，好像又不盡相同。由句子，也就是「基本段落」相互串連形成段落，進而形成「段落群」並構成文章的想法，跟以某句話為核心串連而成的「文塊」的概念，都認為段落是從一句話發展而成的，在這點上，這兩個想法跟「意義段落」和「段」這種以複數句子構成段落為前提的觀點可說是迥然而異。像這種由一句話出發逐漸發展而成的「段落群」和「文塊」，若從具備一定規則及結構的英文段落寫作技巧立場來看，應該是很難產生這種思維的吧？我們可以將這種由小主題句—支持句—結論句的固定結構組合成的「Paragraph」稱為**「絕對段落」**，並將「段落群」和「文塊」這種可變的段落稱為**「相對段落」**。

「寫作時的段落」和「閱讀時的段落」

　　「絕對段落」指由複數句子建構成的段落，它跟「Paragraph」還有「段」一樣，一定會包含小主題句、小結論句或核心句這種能明確概括段落內容的句子。而「相對段落」指的是從單個句子發展而成的段落，它是像「段落群」和「文塊」一般，由多個句子串連起來產生的段落。

　　我們還可以從另一個觀點來理解「絕對段落」和「相對段落」的差異。「絕對段落」是「寫作時的段落」而「相對段落」則是「閱讀時的段落」。以下這段對於段落的描述出自於創造出「文塊」這個概念的林

四郎氏（1959），雖然年代有點久遠，但內容非常優秀。

　　我剛剛有寫到「段落（Paragraph）」。不過其實Paragraph是否應該翻譯為段落，是有待商榷的。重新再回顧我少年時代的感受，我總覺得在寫作（Composition）中的「Paragraph」，跟我們的段落（或文段）有所差異。至少我們在談論「段落」時會說「分段」，將段落視為閱讀時被動進行的事。我們習慣思考的問題是，假設有一篇長文，若要將它分段，可以分成幾則短文？又應該要在哪邊分段？因此也自然將段落視為把某個整體切分為小部分的結果。所以我們只會在閱讀教科書中名人所寫的文章時想到段落，卻完全沒想過「自己所寫的」文章中也存在著段落，也沒有人提出過這樣的問題。

　　而Paragraph則好像並非如此。Paragraph不是在閱讀時會想到的概念，而是在寫作過程中必須思考的概念。寫作（composition）的創作者會先在大腦中建立起幾個大柱子，並以這些柱子為主幹，發展出枝條。柱子是各篇或各章的標題（Title），而枝條則是小主題句。接著只要讓小主題句長出茂盛的葉片，就能夠完成一篇文章。長出葉片的方式包含「給予定義」、「詳細說明」、「舉例說明」、「比較對照」、「說明原因或結果」等等。Paragraph必須是首尾一致的獨立個體。完成一個Paragraph，在某種意義上也等同於完成了一篇文章。

　　相對於段落是將大內容切成小內容，Paragraph則是從小內容發展出大內容後形成的結果。雖然在實際案例中，一個段落經常就等於一個Paragraph，不過我認為這兩者在基本語意上就是不同的。如同前面暗示過的，這樣的差異出自於語文教育方式的差異。不過我認為其真正原因應該

不只如此，而潛藏在更深處，只是最終結果反應在語文教育的差異上而已。

（林1959，P.32～33）

「絕對段落」，也就是英文的「Paragraph」是將小主題句擴寫後完成的產物，而「相對段落」，也就是日文「段落」則是將長文切分成較短片段的結果。這樣的想法簡直讓人茅塞頓開。

英文中的「**Paragraph**」是在架構文章時必須解決的問題。確實英文中用來表示寫作的詞「**Composition**」意思正是架構的動作或結果。因為是在枝條的小主題句上，加上葉片的支持句，所以「Paragraph」是首尾一致的個體，在這裡，會強烈出現「**段落是統整**」的原理。

相反的，日文裡的「段落」則是閱讀過程中必須解決的問題。確實當我們用「**段落**」來切分長文時，腦中並不具備寫作時的「架構」，而只能依照我們在理解文章過程時的「走向」來進行分段。這部份會強烈體現「**段落是轉折**」的原理。日文的「段落」是為讀者而存在的段落，因此它比較注重易讀性而非邏輯性，分段規則依相對情形而定，段落可以切得更細。重視邏輯性的「絕對段落」是為了寫作者而存在的概念，而重視易讀性的「相對段落」則是為了閱讀者而存在的概念。其中的差異比我們所想像得還要更大，也難怪有這麼多人認為「Paragraph」和「段落」是完全不同的概念。

不過我必須要先說，我們不能過於輕率的由此差異得出英文的「Paragraph」是有邏輯的存在，而日文的「段落」則是沒有邏輯的存在這種結論。英文的「Paragraph」是寫作時的段落，它更重視邏輯性，以段落內容的完整性為優先。而日文的「段落」則是閱讀時的段落，它重視易讀性，以段落的切點為優先。差別僅止於此，並沒有孰優孰劣的問題。

如果想讓日文的「段落」構造更明確，可以學習英文的「Paragraph」在段落開頭部分加上能夠明確闡述整段內容的小主題句。

不過日文文章習慣將重點放在後面說，因此不太使用「小主題句」，而偏好放上第三章提到的「小話題句」。日文的段落邏輯是，在段落開頭放上「小話題句」，並在段落內慢慢闡述整段內容，最後在段落結尾部分放上「小結論句」做總結，讓讀者能有讀完一個段落的感覺。段落的邏輯性高低，除了語言本身的差異之外，也跟兩國在教育文化上對待作文教育與閱讀教育的心態有關。

「構造段落」和「發展段落」

前面已經說過了很多次，日文的段落為了重視易讀性會故意切得較細，不過我們一直沒有談到為什麼會有這樣的現象發生。造成這種變化的主要原因之一，是智慧型手機及平板電腦等數位裝置的普及化所致。我想來談談這個部分。

我們在閱讀紙本書籍的時候會做出翻頁的動作，在使用電腦時則會轉動滑鼠滾輪。而使用數位裝置的時候，我們則是會用手指觸碰螢幕下滑以繼續往下讀。閱讀紙本書籍時一次可以看到左右兩面的內容，因此我們能專心地盯著廣闊的紙面一句句閱讀。不過數位裝置中單一畫面的文字量是有限的，而往下滑動的動作也較不會讓人感覺負擔，所以我們會頻繁的做出下滑的動作。而且當裝置有連網的時候，讀者很容易因為失去興趣而開啟別的文章來看，文章的作者必須費盡心思留住讀者、降低讀者離脫率。他們於是便發展出了切割小段落的手法。

假如作者在段落開頭部分先以**小主題句**抓出該段落的重點，再馬上接著以支持句說明詳細內容，讀者就會失去繼續閱讀下去的動力。因此他們會將結合了**話題**（Topic）和**訊息**（Main idea）的小主題句分為話題與訊息兩個部分，並以疑問句等方式將話題部分寫成一個段落，讓讀者能抱持疑問與好奇心，再以回答疑問的方式來描述訊息部分，另外寫成一個段落。這樣的架構才能吸引讀者注意力，讓閱讀完話題段落的

讀者想要繼續閱讀下去。另外，位於段落結尾的**小結論句**因為也有統整整段內容的功能，容易使讀者在閱讀時有個斷點，降低他們繼續閱讀的機率，因此作者會將小結論句從段落中獨立出來，形成新的段落，並在段落中加入預告下一個段落的內容。我們在閱讀網路文章時，都會看到文章底部會列出「一、二、三、四、五」等頁數，並且會加上「下一頁『不工作的大叔』是如何產生的呢？」這種吸引人點擊下一頁繼續閱讀的文案。現代段落的寫作方式也是以這種方式吸引讀者。

也就是說，數位裝置時代的段落，其實相當排斥小主題句─支持句─小結論句這種有斷點的完整結構。因為一旦段落結構完整，就會削減讀者繼續閱讀下一段的欲望，提高讀者的離脫率。因此作者會盡可能避免收束敘述內容，讓讀者可以一直期待後續。小主題句由話題與訊息組成，而訊息用比較通俗的話來說就是梗。小主題句的概念是將梗放在最前面說。而這樣的想法跟盡可能一點一點放梗，將最重要的梗放在最後面，並避免在開頭直接爆梗的網路文章思維是完全不相容的。網路文章的思維模式所造成的影響會呈現在段落上。盡可能一點一點放梗，避免在開頭直接爆梗的寫作方法，會導致段落失去原有的邏輯性。

出現在紙本書籍這種一次可以讀到兩面內容的載體上的段落，是能讓讀者順著文章脈絡閱讀的靜態段落。它重視段落的原有結構，因此可以稱其為**「構造段落」**。而出現在數位裝置的小畫面中的段落，則是讀者會積極的選擇是否要繼續閱讀的動態段落。這種段落在設計上會讓讀者期待後續內容發展，想要滑到下一頁，因此稱其為**「發展段落」**。按照這樣做區分的話，數位裝置時代的「發展段落」特徵就是，將原本「構造段落」中的小主題句分為話題的疑問部分與訊息的說明部分兩塊，並各自發展成兩個獨立段落，或將原本的小結論句獨立出來，加入讓讀者期待後續的內容再發展為另一個段落。

【第七章總整理】

　　我們在第七章討論到絕對段落和相對段落的差別。**絕對段落**是來自於英文寫作教育中的段落，有固定的結構。而**相對段落**則是來自於日文教育，變化自如的段落。由於絕對段落來自於寫作教育體系，它是強調「**架構**」的由上而下式段落。而相對段落則主要被使用在閱讀教育上，它是強調「**走向**」的由下而上式段落。絕對段落在段落的開頭不只會闡述該段落的主要話題，還會明確的傳達作者想表達的內容訊息。而相對段落則要讀到段落結尾才會理解作者主旨。設計給手機等數位裝置閱讀的文章必須要讓讀者期待接下來的內容走向，讓讀者繼續往下滑，因此作者甚至會故意將段落從中切斷，並將作者想表達的內容移到下一個段落。不過我們應該避免過於簡單的歸結出英文的「Paragraph」是有邏輯的段落，而日文的「**段落**」則是沒有邏輯的段落。因為英文有英文的寫作邏輯，而日文也有日文的邏輯在。這種邏輯差異不只是來自兩種語言的思維模式差異，也來自於教育文化的差異，即兩者在寫作、閱讀教育中所關注的重點各不相同。

第八章
傳統的段落和先進的段落

「黑字留白」與「白底黑字」

我們在前一章結尾提到現今數位裝置普及導致「構造段落」漸漸演變為「發展段落」。本章我要更詳細的探討資訊通訊科技時代的段落變化。

我在閱讀網路上的部落格文章時，注意到很少有人會在段落開頭空兩格。Yahoo!新聞至今還保持段落開頭空兩格的傳統，對我們這種開頭空兩格派的舊世代可說是一種莫大的鼓勵。不過像Yahoo!新聞這種開頭會空格的媒體也漸漸成為少數了。我自己喜歡在段落開頭空兩格，一方面可能是出生年代的關係，另一方面也可能是因為我自己有在出版紙本書的緣故。在紙本書的世界中，分段要空兩格的傳統規定還相當健在。

相對的，從小就習慣使用電腦與數位裝置的數位原生世代（Digital Native）好像就對於「在段落開頭空兩格」和「在句子結尾加句號」這種規則相當排斥。例如我聽說在Line這類以個人對話為主的通訊軟體上，使用句號反而會給人冰冷無情的感覺，是相當沒有禮貌的行為。

不管是誰都會深受自己年輕時養成的習慣與感覺影響。舉例來說，

我常跟中國留學生往來，就發現他們在寫日文作文時經常會在段落開頭空兩格。這是來自於中文的書寫習慣，而他們會無意識地將這個習慣帶到日文寫作中。另外有時中國學生會在日本人覺得要放句號的位置放上逗號，這也是日本人跟中國人對句號和逗號的使用習慣有微妙差異所致。

在網路的世界中，很多人會在新段落前直接空出一行來取代段落開頭空兩格的分段方式。這種分段方式在電子郵件等文書中非常常見，感覺漸漸成為了一種網路文章規範。

而紙本的世界中，人們一直以來都有不要浪費紙張的共識。最典型的例子就是過去整張報紙都印滿了密密麻麻的黑色文字。而現代，習慣閱讀印刷文字的世代漸漸走向高齡化，無法再閱讀如此細小的字體。這導致印刷文字的字級越放越大，段落則越分越小，以方便讀者閱讀。不過紙本的世界相當保守，不會輕易改變根本思想，因此仍舊保有不要浪費紙張的概念。

相反的，網路世界增加再多留白也不會浪費任何資源，因此網路文章會把易讀性放在最優先，增加文章的留白。例如一些小說網站裡發佈的網路小說經常會有以下特徵：

① **轉換場景時會空行。**
② **對白的前後會空行。**
③ **關鍵句的前後會空行。**

先來講「**①轉換場景時會空行**」。網路小說的特點不僅在於換場景的時候會空行，而且場景的轉換幅度越大，空行的行數還會增加。例如有些作者會在像「一陣忙亂後，不知不覺就到了放學時間」或「那之後我空等了兩個小時，但她還是沒出現」這種感受到一定時間跨度的場景前增加空行，以表現時間的流逝。另外當要切換至角色回想的場景時，也會增加空行來表現場景的劇烈轉換。

接下來談「②對白的前後會空行」。這似乎也跟易讀性有關。先不討論單純由對話體構成的小說，假設是在敘事中偶爾穿插對白的小說，由於對白對故事而言是重要資訊跟關鍵內容，因此作者會在對白的前後空行以凸顯其存在。這有點像當學術論文中出現表格、圖表或圖像時，由於圖說部分是重要資訊，跟論文本文有所區別，所以作者也會前後空行以方便讀者閱讀。另外也有不少作者會在出現多句對白時，於每一句對白間都插入空行。這麼做的目的應在於明確表現說話者的輪替，讓讀者更容易閱讀每一句對白。

最後是「③關鍵句的前後會空行」。當小說中出現戲劇化場面，角色要說出關鍵台詞的時候，作者會在前後空行以凸顯重點部分。作者可以先層層鋪墊，到劇情高潮前放上大量的空行，讓讀者要往下滑動才會跳出關鍵對白。

不過上述這些寫作習慣也就只是習慣，不同的作者的用法都不盡相同。有些作者積極的在寫作間使用空行，也有些作者相對保守，依然習慣緊密排列的文章，我認為這種大量使用空行的網路文章正慢慢發展為一種新的文體。另外如果太依賴空行，反而會顯得文章淺白空泛，因此我們也能看見有實力的寫作者會避免濫用空行。網路文章仍處於像這樣一邊試錯，一邊發展不同段落模式的過程之中。

網路世界中的另一個段落變化，則是慢慢出現兩階層的段落構造。塚原鐵雄氏定義一句話是一個基本段落，而在網路上，由一句或少少幾句話構成段落的文章不斷在增加。請閱讀以下文章。這是一篇名為「換行・空行」的網路文章的前半部分，它的內容也跟本書主題有關，是相當有意思的文章。

我在Twitter上問朋友有沒有什麼想要我回答的問題，朋友說他不知道應該在哪裡換行，並拜託我以此為主題寫一篇文章。

其實還滿多人有這種疑問的。

尤其因為網路小說跟紙本文章的格式完全不一樣。

　　所以，思考的基準是直書還是橫書的格式，最理想的換行格式是否會因此而有所不同……這麼一路想下去的話，這個話題簡直沒完沒了。

　　要給出一個固定解釋很簡單，不過其實筆者本身也還沒得出一個確切的結論。

　　或者應該說我明白自己的論點得不到讀者認同，所以我也還在試盡各種方法找出能得到大眾認同的論點。

　　總之這次我要說明的是最普遍，或說最基礎的換行、空行規則，但希望各位瞭解應該還存在更好的說明方式。

　　那麼我們先從換行、空行究竟是什麼開始說起吧。

　　這句話上面不遠處有一行空白，這就是空行。

　　然後有些段落的開頭部分有空兩格，這就是換行之後下一行的句子。

　　基本的換行、空行後的開頭部分都規定要空兩格。這是各位在小學時的作文課就已經學到的知識了吧？

　　事實上，關於換行、空行的最基本、恆久不變的規定就只有這樣。其他使用方法可以說一切由作者自行衡量。

　　那麼接著來談換行、空行所帶來的效果。

　　有了換行、空行之後，文章就會變得更容易閱讀。因為多出空白部分能避免文字擠成一團，讀者可以一句一句慢慢閱讀。

　　接下來我要說明，換行、空行能表現出文意的區隔。也就是說，換行、空行能分隔出每一句話，讓讀者更容易理解。

（https://kakuyomu.jp/works/1177354054880953974/
episodes/1177354054880954723）

　　上面這篇文章有換行空兩格呈現出的段落，也有空一行呈現出的段落。前者幾乎等同於句子，只由一句或兩句話構成。而後者比較接近原本的段落，是按照話題的完整性做區分。

　　這種雙重段落結構不只會出現在網路文章中，也偶爾會出現在紙本文章裡。不過跟網路文章不同的是，紙本文章通常是在原有的段落之上設定另一階段落來表示更大的話題分塊。

　　總之，除了單純換行的小段落外還會有空行形成的大段落，甚至有線上小說這種連空數行的狀況。空行的數量能直接表現出段落的分隔程度，或表現出該分段所在的架構階層，這或許可以視為網路文章的特徵。

　　另外較不正式的網路文章甚至還會在大量空白中突然插入單獨一句話，我認為這類文章正表現出了網路文章的特質。以餐點來比喻的話，**紙本文章**像是全餐，而網路文章則像單點或自助式餐點一樣。紙本文章有相當嚴格的格式，按照前菜、湯品、海鮮、開胃菜、肉品、甜點、咖啡的順序，讓讀者能確實從第一道品嚐到最後一道。而**網路文章**則可以只點自己想吃的餐點，或在數種料理中按自己想要的分量取用自己想要的食物。網路文章非常重視資訊的空間性配置，讓讀者可以在閱讀時只取用重要資訊，並一邊期待接下來的資訊一面往下讀。尤其當一篇文章是以手機閱讀而非電腦閱讀為前提時，如果把畫面塞得像紙本文章一樣密密麻麻的話，讀者不管怎麼滑看到的都是相似的畫面，無法分辨出到底是否翻了頁，或自己剛剛到底讀到哪裡。紙本文章是以填滿文字的黑色紙面為前提，偶爾加入換行空格來分段的「**黑字留白**」，而網路文章則是以沒有文字的白色背景為前提，在空白中放入黑色字句的「**白底黑字**」，當然也有各種介於兩者之間的文章呈現模式，但我們必須清楚兩者的呈現方式之所以不同，是來自於兩者思維基礎的差異。

段落的外在限制

　　如上所述，由於我們已經從紙本文章時代進化到了網路文章時代，因此分段方式出現了各種變化。在這種時代中，也許我們的文章書寫方式看起來變得更加自由了這點是事實沒錯，不過當我們要在特定媒體中發表文章時，書寫的自由度也偶爾會因為該媒體的格式規範而受到限制。

　　舉例來說，當我們要在食譜網站Cookpad發表食譜時，寫作格式會受到某種程度的規範。首先料理名稱底下有簡單宣傳料理內容的欄位，該欄位雖然可以自由填寫，不過因為欄位空間小，只能選擇寫一個段落，或者一句一個段落分數段來寫。然後「預備食材」部分只能條列式書寫，根本就無法寫出一句稱得上是完整的話。「步驟」部分則必須按照「一、二、三……」的順序寫，每個步驟下都要放照片，再加上一句話來說明。注意事項則另外以一句話書寫，雖然也有人會用兩句話分兩段來寫，但頂多也只能這樣，再繼續寫下去感覺也不會有人讀了。最後面還有「秘訣、重點」以及「本食譜的由來」兩個欄位。這是可以寫得最長的欄位，不過實際上少有人在此長篇大論，基本上還是只放一個段落，或者一句一個段落分數段來寫。Cookpad的寫作規格中，料理名稱下方的欄位跟「預備食材」、「步驟」、「秘訣、重點」、「本食譜的由來」各自形成一個段落，「步驟」欄位中步驟又可以單獨分成數個階層較低的段落。換句話說，這個網站已經預先規定好了段落架構，因此作者很難在格式中另外分出不同的段落。

　　另外Twitter則限制貼文最多只能有140字，發推者必須讓字數保持在此上限內。也就是說，一篇推文就相當於上限140字的單一段落。我們可以連續發推，個別推文就會成為長篇裡的一個段落。另外我們也可以在這140字內換行，這時一個段落基本上會包含一句話或少少數句話，再連續發推讓推文串連在一起的話，就可以形成雙重段落的結構。但是，使用推特寫文章的時候，不只單一段落有140字的字數限制，即使發推

者能夠連續發推來製造連續的段落，卻沒有辦法再設定出層級更高的段落。不過本來Twitter就是以短貼文為主的社群媒體，我們似乎本來就不應該抱著書寫長文時的分段觀點來看待它。

另外跟在Twitter上連續發推有相似功能的，是Microsoft的Powerpoint投影片。因為單一投影片具備獨立有完整性的內容，所以Powerpoint跟段落有著類似的功能。一般來說，單張投影片內的文字通常是分項條列，這點跟由一句話或少少數句話構成一個段落的網路文章相似。另外雖然Powerpoint沒有字數限制，不過考慮到易讀性，其實也很難放太多文字在上面，這一點跟Twitter有點像。另外一張張投影片要按順序播放這點也很像連續發推的感覺。受到不同媒體的外在限制影響，段落的形態也正漸漸發生改變。

段落的內部限制

剛剛以Cookpad、Twitter、Powerpoint為例，討論了不同媒體對段落造成的外部限制。而其實段落內容也會對段落產生內部限制，例如說如果我們將Cookpad的「步驟」欄位中，按順序「一、二、三…」分別列出來的步驟視為段落的話，就表示料理的做法順序會影響到文章分段。以下這篇文章是過去選修我的課的學生以「拿手菜的做法」為題所寫出的文章。

「滑嫩多汁的親子丼做法」

雞蛋滑嫩細膩，味道滲透進白米飯中的親子丼總讓人感到無比幸福☆我今天就來教各位如何製作美味的親子丼！

首先一人份的親子丼要準備的材料有雞肉50克、洋蔥1/4個、山芹菜1/3把、麵味露（已加入等量水稀釋）100毫

升、醬油適量，以及白飯一人份。

　　首先將洋蔥切成薄片，山芹菜切除根部約3公分後洗淨，雞肉切成一口大小後浸泡醬油進行醃漬。白飯也先裝入碗中。

　　接著在平底鍋中加入麵味露，以中火加熱。沸騰後分散加入洋蔥塊。

　　洋蔥煮透後，再於洋蔥間的空隙間平均放入雞肉。偶爾要翻面，讓雞肉確實煮熟。在煮雞肉時可以趁機打散雞蛋。

　　雞肉表面呈現漂亮的膚色後就可以倒入蛋液了，不過如果要讓雞蛋滑嫩順口，此時必須注意一個重點。倒入蛋液時要讓蛋順著筷子，由平底鍋外側漸漸往內側以螺旋狀倒入。

　　最終再放上山芹菜，蓋上鍋蓋等30秒左右即可。

　　打開鍋蓋，利用鍋鏟將食材放到白飯上，再淋上醬汁就完成了！搭配涼拌菜或日式湯品一起享用的話，不僅味道非常搭，也同時能兼顧營養均衡。請大家務必試試看☆

　　這是我請學生在課堂上寫出的文章，不過他寫出來的文章，跟Cookpad等食譜網站上的格式如出一轍，明確列出了料理順序。在寫這種必須逐項說明步驟的文章時，如果能夠依照步驟分段，能確實讓讀者一步步理解內容。這種分段方式感覺也可以應用在說明路線的文章或機器的使用說明書等文件上。

　　除此之外，我們生活中其實也充滿了這種內容上本身就存在分隔的文章。棒球賽的文字實況會以「一局上半、一局下半、二局上半、二局下半……」來分段，一週天氣預報的文章則以「今天、明天、後天……」分段。學生在暑假每天要寫的插畫日記是以「7月21日、22日、23日……」來分段，而貼在Facebook上的旅遊紀錄則是配合觀光景點的

照片，以「廣島城、宮島、原爆圓頂館……」來分段。另外像日本最想居住地區排名，或世界最美圖書館20選這種文章內容本身，也都具備了預設的分段要素。

以框格來分段

我們在閱讀橫向書寫的文章時，眼睛會由左往右，一行一行往下閱讀，而閱讀縱向書寫的文章時，則會由上往下，一列一列往左閱讀。讀者會將文章當成一條直線，一行行按順序仔細理解。不過這樣的文章寫法在未來說不定會成為老古董。我預想此後的文章可能會跟漫畫對話框一樣，先將文字放進**框格**內，再排列於平面上。現代社會中，人需要處理的資訊量不斷增加，比起密密麻麻寫滿一整面的文章，對話框內的文字更能讓人一目瞭然，閱讀起來也更輕鬆。

日本行政機關現在相當盛行使用**概略圖**（ポンチ）。概略圖指的是能以淺顯易懂的方式說明文章內容的圖像。將文章重點統整為簡短文字放入框格中，並在平面上將內容相近的框格排在一起，以線段與箭頭來呈現框格間的關係。你可以將它想像為電視新聞節目在解說時會使用的圖板。（**圖8-1**）

日本政府機關各部門的重要業務之一即是產出行政文件，因此他們都很擅長整理計畫書及報告書。不過不管他們製作的計畫書和報告書有多麼詳細確實，因為內容實在是太複雜、分量又太多，因此也必須耗費極大的心力來閱讀文件內容。這時就需要加上能讓人一目瞭然內容重點的概略圖了。大多數沒空仔細閱讀計畫書和報告書的人，都會憑藉概略圖來判斷文件內容。

另外，當我們要為自己整理的內容作簡報時，也很常會用到框格吧？例如像我這樣的研究者會在學術研討會上進行**海報**發表。在製作發表海報時，要將自己想表達的研究內容放進框格內，並將框格排滿在一

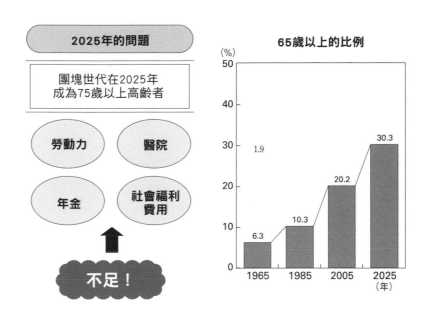

圖8-1 概略圖

張A0大小的海報紙上。這時框格的功能就等同於段落，框格有大有小，大框格中也可以放入小框格。

　　海報發表的優點在於，發表者可以將所有內容全部呈現在一張紙上，並將研究內容報告給眼前的觀眾，與觀眾互動。我們在製作海報時，必須一邊想像觀眾的視線移動與理解過程來依序排列框格。這樣觀眾也能夠一眼看清發表順序及重點，並能夠直接指出海報上的特定位置與發表者進行討論。相較於一般稱作「口頭發表」，使用Powerpoint進行的單向簡報發表，我認為好像有越來越多人偏好雙向溝通性強的海報發表。

　　而我們生活周遭也不乏像漫畫人物一樣寫有台詞的對話框。那就是

LINE等通訊軟體中的**對話框**。LINE的對話框也跟段落有相同功能。平常在對話時，我們必須以發話者切換為基礎才能客觀的定義出話題分段。而在使用LINE的時候，雖然通常都是傳極短的訊息，但偶爾也會將一長段內容放進同一個對話框內。這時此對話框就達到了段落的功能。LINE的對話框，也許正預示了未來段落的其中一個形態。

【第八章總整理】

　　我們在第八章討論傳統的段落與先進的段落。傳統的段落以紙面上的段落為代表。紙面段落的至高規則即是減少紙面浪費。盡可能避免紙面留白的報紙即是典型的例子。傳統段落的留白部分會相對顯眼，能明確標示出分段位置。相反的，先進的段落則以網路文章段落為代表。網路文章不介意增加留白，甚至排斥畫面上有太多黑色文字部分，因為上滑畫面後容易找不到剛剛閱讀的位置，會提高閱讀難度。另外，空行的數量也能表現出段落的分隔程度，或該分段所在的架構階層。而概略圖的框格或LINE的對話框正漸漸取代傳統的段落，往後的段落可能會進化成這種圖像化的段落。

第三部
段落與溝通

第九章
閱讀時的段落

注意文段

　　前面我們在分析時將段落視為文章內的一個結構體，並討論段落如何建立起文章的整體架構。不過段落這個單位，要在我們「閱讀」、「書寫」、「聆聽」、「說話」，實際運用語言的時候才會產生功能。現在我們就來分析一下段落的實際功能。

　　首先是段落在「閱讀」時作用於文章脈絡上的效果。我們在閱讀時能利用段落這個單位掌握不同話題區隔出的分塊。若要完整理解自己所閱讀的內容，並將其留存於記憶中，我們就必須從「**部分**」和「**整體**」兩個層面來理解文章。一般在閱讀文章時，我們會過度集中於眼前閱讀的內容，導致優先理解「部分」而忽略掉「整體」。不過若能在閱讀的同時注意分段，就自然能以較廣闊的視角來理解文章，並能意識到話題的區隔及相關性等文章架構。將這種注重「整體」的閱讀方式與注重「部分」的閱讀方式相結合，讀者就能穩定正確地理解文章，也會更容易記住其內容。

特別是最近的文章因為重視易讀性，傾向於將段落分割得較細，讀者在直接閱讀這些段落時便很容易忽略掉對「整體」內容的掌握。因此我們要善用「文段」，也就是書寫時的意義段落的概念，將多個小段落統整為較大的「段」來閱讀，這樣就能夠看見文章的「整體」走向。

　　請閱讀以下文章。這篇文章是曾效力於美國職棒大聯盟紐約大都會球隊的吉井理人氏在《吉井理人　コーチング論：教えないから若手が育つ（吉井理人　教練理論：年輕人不要教才會成長）》（德間書店出版）這本書之中闡述的教練理論。

　　　我會將球隊的「檢討會」拉到自己的「辦公室」舉行。

　　　雖然說是辦公室，但也不是球團辦公室，也不是在哪棟大樓裡面。我的「辦公室」位於札幌巨蛋球場的中央護欄前。賽前練習時，我會讓結束跑步熱身的投手們集合到架設護網的位置。

　　　檢討會通常都是以前一天比賽的某個場面為主題。我當然都會讓實際上場的投手發言，並讓其他選手們各自提出想法和意見。

　　　檢討時要特別注意避免用負面話題開場。

　　　例如前一天登板的選手給自己的分數是「20分」。這表示做不好的部分占了百分之80，話題內容自然都會偏向負面檢討。不過如果這樣一直說下去，氣氛會漸漸變得令人反感，導致辦公室內所有人都心情低落。

　　　因此這時要先挖掘正面話題，問選手「你覺得自己哪裡做得好呢？」。這樣周邊的人也會針對優點發表意見，明明只有20分卻感覺好像變成表揚大會一樣。這種積極正向的氣氛，能讓選手有動力改善不足的80分。

　　　我有時會在辦公室內提出較大的議題。有一次我們談到「心態、技術、體力哪一項最重要」的話題。

我一提出這樣的問題，在場的選手都回答「心態是最重要的」。

　　我認為並非如此，所以又說「但我覺得體力才是最重要的」，這時所有選手又陷入思考，其中有一位選手這麼說：「沒錯，如果身體健康有體力的話，也可以大量練習磨練技術，這麼一來心理韌性也會提升吧？」

　　我心中暗想「太好了」。

　　大家很容易認為「心態、技術、體力」三者中最重要的是心態，也就是心理韌性，不過其實不能這樣一概而論。雖然心理狀況也必須要重視，不過依照選手的程度不同，心態、技術、體力三者都相當重要。我正是希望選手們意識到這一點。

　　透過對話，讓選手們對很多事情產生興趣。

　　這會激發出好奇心，並藉此帶起新的進步動力。而若因進步動力做出什麼自發性的行為，又會再產生新的好奇心。這兩點就能促成一個正向循環。

　　跟美國相比，日本人不習慣討論。這跟學校的教育體系也有關係，日本學校可以討論的機會較少。我認為這製造出了一個讓人忌諱提出與他人不同的意見的社會氛圍。

　　大聯盟的隊內會議在我看來簡直是雜亂無章，還常常討論到最後不了了之。不過這對他們來說相當正常。比起簡單統整意見、集結意見，他們更傾向單純把意見丟出來相互碰撞。就算當下沒有達成共識，球員們在回去的路上大概還是會各自思考討論內容。例如「他雖然那樣說，但我覺得不是這樣」等等。反覆進行這樣的討論，能訓練人的思考能力。

　　我也想讓自己的「辦公室」討論變得更好。希望能大幅提高選手在全隊會議中發言和討論的機會。

年輕選手在登板之後也偶爾會有不舉行檢討會的狀況。當球員在檢討之前有其他問題需要解決時，我就不會舉行檢討會。

　　2017年賽季後半有一個案例，某位後援投手穿著新釘鞋登板。一般換新鞋後應該做一定程度的練習，讓腳熟悉新鞋之後才能穿到賽場上，不過他並沒有這樣做。周邊的人也提出了質疑，但他卻沒有放在心上。他在球局的開頭登板，最終如我們所擔憂，連投了幾個四壞球。後來因情況危急將他換下場，但還是出現安打而造成失分。他坐在長椅上臉色發白，卻已經太遲了。做出這麼沒有職業操守的舉動，正代表了他沒有理解事前準備的重要性。

　　我故意置之不理，什麼都沒說。他必須自己注意到「這樣下去真的會完蛋」，並將這次的經驗烙印在心中。如果做不到這一點，他大概無法繼續待在職棒世界裡吧。

　　這篇文章非常好讀。雖然段落分得很細提高了易讀性，不過如果想掌握文章走向，可以將數個段落整合成複合段落來讀，提升效率。

　　這時的重點是抓出小主題句。這篇文章感覺能成為小主題句的有以下六句。

- 我會將球隊的「檢討會」拉到自己的「辦公室」舉行。
- 檢討時要特別注意不要用負面話語開場。
- 我有時會在辦公室內提出較大的議題。
- 透過對話，讓選手們對很多事情產生興趣。
- 跟美國相比，日本人不習慣討論。
- 年輕選手在登板之後也偶爾會有不舉行檢討會的狀況。

　　這些小主題句的共同特徵是，他們都是由一句話或兩句話構成的小

段落，在文中相當顯眼。我認為這篇文章雖然分段分得較細，卻還是讓人覺得很容易閱讀，就是因為它有特別將小主題句突顯出來。這樣的做法其實暗示了以下複合段落的存在。

　　我會將球隊的「檢討會」拉到自己的「辦公室」舉行。雖然說是辦公室，但也不是球團辦公室，也不是在哪棟大樓裡面。我的「辦公室」位於札幌巨蛋球場的中央護欄前。賽前練習時，我會讓結束跑步熱身的投手們集合到架設護網的位置。檢討會通常都是以前一天比賽的某個場面為主題。我當然都會讓實際上場的投手發言，並讓其他選手們各自提出想法和意見。

　　檢討時要特別注意避免用負面話題開場。例如前一天登板的選手給自己的分數是「20分」。這表示做不好的部分占了百分之80，話題內容自然都會偏向負面檢討。不過如果這樣一直說下去，氣氛會漸漸變得令人反感，導致辦公室內所有人都心情低落。因此這時要先挖掘正面話題，問選手「你覺得自己哪裡做得好呢？」。這樣周邊的人也會針對優點發表意見，明明只有20分卻感覺好像變成表揚大會一樣。這種積極正向的氣氛，能讓選手有動力改善不足的80分。

　　我有時會在辦公室內提出較大的議題。有一次我們談到「心態、技術、體力哪一項最重要」的話題。我一提出這樣的問題，在場的選手都回答「心態是最重要的」。我認為並非如此，所以又說「但我覺得體力才是最重要的」，這時所有選手又陷入思考，其中有一位選手這麼說：「沒錯，如果身體健康有體力的話，也可以大量練習磨練技術，這麼一來心理韌性也會提升吧？」我心中暗想「太好了」。大家很容易認為「心態、技術、體力」三者

中最重要的是心態，也就是心理韌性，不過其實不能這樣一概而論。雖然心理狀況也必須要重視，不過依照選手的程度不同，心態、技術、體力三者都相當重要。我正是希望選手們意識到這一點。

透過對話，讓選手們對很多事情產生興趣。這會激發出好奇心，並藉此帶起新的進步動力。而若因進步動力做出什麼自發性的行為，又會再產生新的好奇心。這兩點就能促成一個正向循環。

跟美國相比，日本人不習慣討論。這跟學校的教育體系也有關係，日本學校可以討論的機會較少。我認為這製造出了一個讓人忌諱提出與他人不同的意見的社會氛圍。大聯盟的隊內會議在我看來簡直是雜亂無章，還常常討論到最後不了了之。不過這對他們來說相當正常。比起簡單統整意見、集結意見，他們更傾向單純把意見丟出來相互碰撞。就算當下沒有達成共識，球員們在回去的路上大概還是會各自思考討論內容。例如「他雖然那樣說，但我覺得不是這樣」等等。反覆進行這樣的討論，能訓練人的思考能力。我也想讓自己的「辦公室」討論變得更好。希望能大幅提高選手在全隊會議中發言和討論的機會。

年輕選手在登板之後也偶爾會有不舉行檢討會的狀況。當球員在檢討之前有其他問題需要解決時，我就不會舉行檢討會。2017年賽季後半有一個案例，某位後援投手穿著新釘鞋登板。一般換新鞋後應該做一定程度的練習，讓腳熟悉新鞋之後才能穿到賽場上，不過他並沒有這樣做。周邊的人也提出了質疑，但他卻沒有放在心上。他在球局的開頭登板，最終如我們所擔憂，連投了幾個四壞球。後來因情況危急將他換下場，但還是出現安打而造成失分。他坐在長椅上臉色發白，卻已經太遲了。做出這麼

沒有職業操守的舉動，正代表了他沒有理解事前準備的重要性。我故意置之不理，什麼都沒說。他必須自己注意到「這樣下去真的會完蛋」，並將這次的經驗烙印在心中。如果做不到這一點，他大概無法繼續待在職棒世界裡吧。

現代將段落切分得很細的文章越來越多了。這些分得很細的段落雖然能讓讀者更容易讀懂每一句話的內容，卻也使人更難掌握文章走向。因此在閱讀這些文章時，我們要注意文段這種更大的內容分塊。將小段落結合成大話題來閱讀，如此能讓文章內容更深刻地留存於記憶中。

切分段落

分段能夠有效地幫助我們注意文章的**整體結構**。將原本沒有分段的文章分出段落後，我們就可以分別出每個段落各自的話題，同時這些話題也會在腦中彼此串聯，讓我們掌握文章的走向。

那我們來試著將以下這篇文章分成幾個段落，並將每段第一句話的代號列出來吧。這篇文章是林えり子（Eriko）所寫的散文〈眺望の消滅と命の競爭（消失的景觀與生命的競爭）〉，收錄於精選短篇集《人生の落第坊主（人生的落榜者）》（文藝春秋出版）中，整篇文章總共有20句話。我將原文的分段刪除了。這篇文章中有些段落不管是誰來讀都會分在同一個地方，有些段落則因人而異，後者能夠表現出作者的個性與詮釋方式。

①偶然聽見某公寓因為影響了街區景觀，經判決必須打掉數層樓的新聞，我不由自主地豎起耳朵細聽。②雖然大眾或許都知道有景觀權這種東西的存在，不過此案也是因為影響了整體市民共有的景觀和環境才能做出如此大膽

的判決，如果個人因為鄰家搭建的房屋造成景觀損失，是不可能上訴尋求救濟的。③假如隔壁房影響採光的話還可以跟對方抱怨個幾句，不過如果是因為景色被遮擋而去抗議就不一定適當了。④身為一個嚮往鄉間生活的土生土長東京人，我在信州佐久的窮鄉僻壤蓋了一間房，沉醉於優美山景與清新空氣中度過了十年時光。⑤某天前方田野間突然出現了一棟兩層樓建築。⑥我當初選擇住在這裡，除了此地位於半山腰之外，亦是想買下能借景於對面山巒，眼前大波斯菊田一望無際的景色，誰知此景一夜間就變成了白色灰泥牆。⑦我因為失望與心痛而潸然淚下，卻無法對任何人發怒，只能飲氣吞聲，甚至還想要不要將這個自己辛苦打造出的房子轉讓給他人。⑧最後我在院子裡種了一排落葉松擋住鄰屋，並努力工作賺錢加蓋出二樓以便眺望八岳山，才終於將陰鬱情緒一掃而空。⑨據說借景一詞最早出現於中國明代的《園冶》一書，前人將從中學會的借景技巧運用於搭建寺院與離宮的庭園，也許是受此影響，我們在尋找居所時也傾向於將借景與景觀加入選擇條件中。⑩當初不惜搬至鄉間只求秀麗景緻的我也不例外，不過即將邁入六十歲前的某日，我決定搬回故鄉東京。既然都要搬家，我想住在跟兒時一樣早晚能遙見富士山，夜幕低垂時則能夠眺望象徵當代東京兒女、朱紅如烈焰般的東京塔的地方。⑪一間位於隅田川河口，沿著運河搭築的高層公寓正符合上述條件。雖然能享受完整景緻的房屋競爭倍率大概是13倍左右，但多虧我的念力加持與祖先庇佑，我還是抽到了位於33樓的屋子。⑫搬家當天富士山的英姿清晰可辨地佇立於摩天高樓上，而當山景與夕日一同融進夜幕後，就輪到東京鐵塔點起燈，我如夢似幻地遙望燦然發光的摩天樓。⑬這樣的景緻不知帶給我多少安慰

與勇氣。⑭就算心情不好，回到家看見窗外東京鐵塔的燈光也能不可思議地充滿活力。⑮早上膜拜悠然而立的富士山後，就會覺得原本消沉沮喪的自己相當丟臉。⑯不過到了現在，我終於意識到這樣的景致不會是永久的。⑰汐留的高樓群就快要遮住東京鐵塔了，勝閧一帶也在規劃要重新開發。⑱將擋住富士山的摩天樓隨時都可能蓋起來。⑲而我也上了年紀，不再有力氣像住在佐久鄉村間時那樣起身反抗所受的衝擊了。因此為了緩和這個打擊，只要一發現有建築工程的圍欄與吊車，我就會騎車到附近觀望。⑳被捲入這場不知道景觀會先消逝還是我的生命先走到終點的，無人能阻止的競賽之中，看來我是無法安心享受養老生活了。

你在哪裡分段呢？我對早稻田大學的327名大學生進行了相同調查，結果如右表。第①句因為一定是第一段開頭所以不列入統計。標示「＊」的句子則是原文分段的位置。（**圖9-1**）

把它做成長條圖後，大家的分段傾向應該就更一目瞭然了。（**圖9-2**）

大多數的學生在④、⑨、⑯都有分段，而原文中也有分段，我們可以知道本文大略分為四個部分。我們將這種不管誰來讀都一定會分出的段落稱作「必要段落」，而將像②、⑩、⑪、⑫、⑬、⑲、⑳這種只有一部分人會選擇分出的段落稱為「自由段落」好了。「**必要段落**」是以邏輯為出發點分出的段落，其分段必然性較高，而「**自由段落**」則是以修辭觀點分出的段落，可以說是注重修辭效果的段落。像英文這種注重邏輯正確性的語言，在寫文章時只會分出「必要段落」。不過日文這種重視易讀性與文章風格的語言，則會混合使用「必要段落」與「自由段落」。這個調查正說明了上述理論。

我們來看一下「必要段落」和「自由段落」交錯出現的原文分段。

句子編號	②	③	④	⑤	⑥	⑦	⑧	⑨	⑩
選擇人數	20	2	＊322	6	7	2	3	＊306	＊71

⑪	⑫	⑬	⑭	⑮	⑯	⑰	⑱	⑲	⑳
35	26	＊22	1	2	＊286	6	0	19	43

圖9-1學生分段的位置（數值）

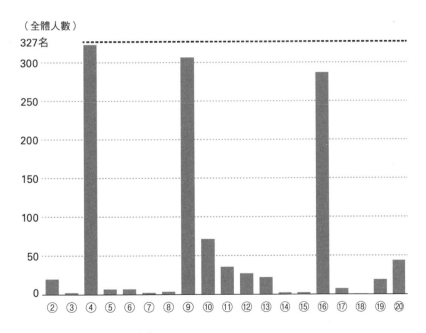

圖9-2學生分段的位置（圖表）

①偶然聽見某公寓因為影響了街區景觀，經判決必須打掉數層樓的新聞，我不由自主地豎起耳朵細聽。②雖然大眾或許都知道有景觀權這種東西的存在，不過此案也是因為影響了整體市民共有的景觀和環境才能做出如此大膽的判決，如果個人因為鄰家搭建的房屋造成景觀損失，是不可能上訴尋求救濟的。③假如隔壁房影響採光的話還可以跟對方抱怨個幾句，不過如果是因為景色被遮擋而去抗議就不一定適當了。

④身為一個嚮往鄉間生活的土生土長東京人，我在信州佐久的窮鄉僻壤蓋了一間房，沉醉於優美山景與清新空氣中度過了十年時光。⑤某天前方田野間突然出現了一棟兩層樓建築。⑥我當初選擇住在這裡，除了此地位於半山腰之外，亦是想買下能借景於對面山巒，眼前大波斯菊田一望無際的景色，誰知此景一夜間就變成了白色灰泥牆。⑦我因為失望與心痛而潸然淚下，卻無法對任何人發怒，只能飲氣吞聲，甚至還想要不要將這個自己辛苦打造出的房子轉讓給他人。⑧最後我在院子裡種了一排落葉松擋住鄰屋，並努力工作賺錢加蓋出二樓以便眺望八岳山，才終於將陰鬱情緒一掃而空。

⑨據說借景一詞最早出現於中國明代的《園治》一書，前人將從中學會的借景技巧運用於搭建寺院與離宮的庭園，也許是受此影響，我們在尋找居所時也傾向於將借景與景觀加入選擇條件中。

⑩當初不惜搬至鄉間只求秀麗景緻的我也不例外，不過即將邁入六十歲前的某日，我決定搬回故鄉東京。既然都要搬家，我想住在跟兒時一樣早晚能遙見富士山，夜幕低垂時則能夠眺望象徵當代東京兒女、朱紅如烈焰般的東京塔的地方。⑪一間位於隅田川河口，沿著運河搭築的高

層公寓正符合上述條件。雖然能享受完整景致的房屋競爭倍率大概是13倍左右，但多虧我的念力加持與祖先庇佑，我還是抽到了位於33樓的屋子。⑫搬家當天富士山的英姿清晰可辨地佇立於摩天高樓上，而當山景與夕日一同融進夜幕後，就輪到東京鐵塔點起燈，我如夢似幻地遙望燦然發光的摩天樓。

⑬這樣的景致不知帶給我多少安慰與勇氣。⑭就算心情不好，回到家看見窗外東京鐵塔的燈光也能不可思議地充滿活力。⑮早上膜拜悠然而立的富士山後，就會覺得原本消沉沮喪的自己相當丟臉。

⑯不過到了現在，我終於意識到這樣的景致不會是永久的。⑰汐留的高樓群現在就快要遮住東京鐵塔了，勝閧一帶也在規劃要重新開發。⑱將擋住富士山的摩天樓隨時都可能蓋起來。⑲而我也上了年紀，不再有力氣像住在佐久鄉村間時那樣起身反抗所受的衝擊了。因此為了緩和這個打擊，只要一發現有建築工程的圍欄與吊車，我就會騎車到附近觀望。⑳被捲入這場不知道景觀會先消逝還是我的生命先走到終點的，無人能阻止的競賽之中，看來我是無法安心享受養老生活了。

（出自林えり子〈眺望の消滅と命の競争〉）

我們觀察「必要段落」的分段，可以看出①～③是「景觀權的說明」、④～⑧是「鄉間的借景」、⑨～⑮是「都市的景色」、⑯～⑳是「逐漸消逝的景色」。確實都是必須要分出的段落。

不過這邊要注意，雖然有322名學生（98.5％），也就是幾乎全體都認同要在④分段，但只有306名學生（93.6％）認為要在⑨分段，286名學生（87.5％）認為要在⑯分段，數值略有下降。認為要在⑯分段的人數低於90％的原因很可能是因為⑨～⑮「都市的景色」跟⑯～⑳「逐

漸消逝的景色」都在討論都市的景觀話題。也就是說,這篇文章的結構也可以想成是由「景觀權的說明」、「八岳的借景」、「東京的景色」三部分所構成。

不過事實上,以「景觀權的說明」、「鄉間的借景」、「都市的景色」、「逐漸消逝的景色」四部分結構來閱讀本文,是明顯有優勢的。我們在掌握文章整體結構時,一般會將結構分為「序論」—「本論」—「結論」三部分,小學時學的三段結構「はじめ」(序言)—「なか」(中間)—「おわり」(結尾)就是這件事。日本人不喜歡開門見山直接進入「本論」而沒有「序言」的文章,也不喜歡最後沒有「結論」的文章。如果要在這篇文章中找出相當於「結論」的段落,就只有⑯~⑳「逐漸消逝的景色」這段。所以,就算這段沒有直接帶到「鄉間的借景」的段落,我們還是會想要將它獨立切出來當作結論段。

另外,認為要在⑨分段的學生數略微下降的理由,似乎又與上述原因不同。我們將⑨跟⑩的內容合併起來再看一次。

⑨據說借景一詞最早出現於中國明代的《園治》一書,前人將從中學會的借景技巧運用於搭建寺院與離宮的庭園,也許是受此影響,我們在尋找居所時也傾向於將借景與景觀加入選擇條件中。⑩當初不惜搬至鄉間只求秀麗景緻的我也不例外,不過即將邁入六十歲前的某日,我決定搬回故鄉東京。既然都要搬家,我想住在跟兒時一樣早晚能遙見富士山,夜幕低垂時則能夠眺望象徵當代東京兒女、朱紅如烈焰般的東京塔的地方。

如你所見,⑨主要是在說明「鄉間借景」,因此很容易被納入前面的段落中。不過⑨脫離了前面脈絡的個人經驗,進入歷史背景說明,而⑩的開頭又提到「當初不惜搬至鄉間只求秀麗景緻的我也不例外」,拉近了兩句間的距離,因此我們可以將⑨解釋為進入「都市的景色」段落

前的前置準備。也就是說，⑨是連接「鄉間的借景」與「都市的景色」的句子，可以被納入前段或後段。⑨的結尾「我們在尋找居所時也傾向於將借景與景觀加入選擇條件中」同時提到了「借景」和「景色」，也證實了這個論點。因此這邊的分段位置會出現意見分歧。

調查中將⑨納入「鄉間的借景」的是少數派，納入「都市的景色」者則佔多數，另外還有一個中間派將⑨單句獨立為一個段落。原文的作者就是如此。考慮到段落長度的話，單句成段有可能會太短，造成文章結構失衡。不過由於⑨扮演了連結前後段落的特殊角色，加上它跟前後兩段描述的個人經驗不同，談論的是歷史背景，將它獨立為一個段落也不是沒有道理。

例外一個原作者切出「自由段落」的位置是⑬的部份。從調查結果來看，在⑪分段、在⑫分段、和原作者一樣在⑬分段的人，都佔有一定的比例。我們回來看原文，確認一下這些分段的依據吧。

⑩當初不惜搬至鄉間只求秀麗景緻的我也不例外，不過即將邁入六十歲前的某日，我決定搬回故鄉東京。既然都要搬家，我想住在跟兒時一樣早晚能遙見富士山，夜幕低垂時則能夠眺望象徵當代東京兒女、朱紅如烈焰般的東京塔的地方。⑪一間位於隅田川河口，沿著運河搭築的高層公寓正符合上述條件。雖然能享受完整景緻的房屋競爭倍率大概是13倍左右，但多虧我的念力加持與祖先庇佑，我還是抽到了位於33樓的屋子。⑫搬家當天富士山的英姿清晰可辨地佇立於摩天高樓上，而當山景與夕日一同融進夜幕後，就輪到東京鐵塔點起燈，我如夢似幻地遙望燦然發光的摩天樓。⑬這樣的景致不知帶給我多少安慰與勇氣。⑭就算心情不好，回到家看見窗外東京鐵塔的燈光也能不可思議地充滿活力。⑮早上膜拜悠然而立的富士山後，就會覺得原本消沉沮喪的自己相當丟臉。

在⑪分段者，是將前段「對東京景色的嚮往」跟後段「得到了夢寐以求的景色」分開。在⑫分段者，則是將前段「得到了夢寐以求的景色」跟後段「入手景緻的絢麗美好」分開。而跟原作者一樣在⑬分段者，則是將前段「得到了絢麗景色」跟後段「從景色獲得的力量」分開。從修辭的角度來看，分段的重點是後段的內容，我們可以由此得知寫作者想強調的部分是「得到了夢寐以求的景色」、「入手景緻的絢麗美好」還是「從景色獲得的力量」。因此原作者應該是為了將重點放在「從景色得到的力量」，才特別於此分出「自由段落」。如同這篇文章，所謂「自由段落」正因切斷了段落，而具備了突顯後段內容或資訊的功能。

段落與接續詞

段落是一種視覺上相當顯眼的單位，讀者尤其容易注意到段落開頭的文字。因此如果段落的開頭有接續詞的話，讀者就容易特別關注那個接續詞。句子開頭接續詞的作用是串連句子，同理段落開頭接續詞的作用即是串連前後段落。簡單來說，段落開頭接續詞的功能跟我們在條列時放在各項目開頭的符號或數字相同。因此如果能依靠段落開頭的接續詞來閱讀文章，我們就可以正確且有效率的掌握文章的走向。請試著讀以下這篇文章。

「怎麼樣才能成為翻譯呢？」這個問題跟「怎麼樣才會遇到劫機呢？」一樣難回答。翻譯沒有任何認證或考試，我周邊的人也都是「不知不覺」、「茫茫然」、「一不小心」就成為翻譯了。不過每當準備要找工作的學生來問我這個問題時，我都會建議他們無論如何都先跟其他人一樣去普通公司上班。成為某個組織的成員跟自由工作者

或打工族不同，會受到各種限制而感覺綁手綁腳。不過你在這種限制中被強迫遇上的人事物或狀況都會成為珍貴的經驗資料庫，並絕對會在某一天幫助到你的翻譯工作。

　　例如你曾經有被罵到直不起身的經驗嗎？我有，而且還是被一位被譽為「恐怖大王」、眾人畏懼的女主管臭罵。我被叫到她的辦公桌後方，她無視了我好幾分鐘，最終安靜的闔上文件夾轉頭面向我。她開口說「我說妳啊…」，我卻已經記不起後面的內容是什麼。但我至今還清晰地記得，那之後整層辦公室鴉雀無聲，某處傳來內線電話嚕嚕嚕、嚕嚕嚕的聲響，其他人假裝在工作，拿著原子筆的手卻一動也不動，還有那位女主管的杯子是雙子星Kiki&Lala的圖案。實際上這整件事只有五分鐘，我卻感覺過了一小時之久。我向她鞠躬後轉身想要走回自己的位置上，卻抬不起腳來。我拖著雙腳行走的模樣，簡直就像個能劇演員，之後還成為了大家茶餘飯後的話題。

　　例如你認識性格跟衣品天差地遠的人嗎？我認識。X室長是國外回來的，像聖誕老人一樣臃腫。有天他的領帶圖樣是一條巨大錦鯉氣勢昂揚的由下向上攀游。另一天他則穿了一件有著咖啡色、黃色和橘色的細碎花紋的襯衫，花紋幾乎讓人眼花撩亂，並搭配了同樣顏色與圖樣的領帶。那花紋感覺好像會浮出什麼立體圖案來，引起眾人討論，甚至其他樓層的人也跑過來看。某一天他奇蹟似的穿了普通襯衫與領帶，卻戴著浣熊毛皮做的帽子來上班。不過，那位X室長真的是個性非常好的人。不管發生什麼事都絕不會發火或慌亂，總是笑臉迎人，讓人感覺非常可靠。他的那張笑臉在我記憶中總是與令人眼花撩亂的襯衫一起出現，每次想起他就讓我有點頭暈。

　　或者你有過被公司特地派到大阪去跳康康舞的經驗

嗎？我有。在公司獲得廣告界某項大獎的紀念派對上，我們部門內約十位新進女員工必須要準備舞台表演。明明只是單純的餘興節目，卻請來專業編舞師進行了約半個月的血之特訓（公司有好好給加班費）。這場表演超級認真，不管表演服或妝容都是專業等級，正式演出時台下有數百名觀眾，舞台上還打了聚光燈。而且因為表演獲得許多好評，上層緊急決定在大阪總公司也舉行派對演出（公司有好好給出差費）。順帶一提隔年也舉辦了一樣的派對，不過因為新進員工人數不足，我又再次出動，穿著企鵝人偶裝上台跳舞。

　　上述這些絕對都是沒有去公司上班的話大概一輩子也無法體驗到的經驗，如果之後我翻譯的書中有提到表演康康舞的舞者、繫著錦鯉躍龍門領帶的人物，或被嚇到癱軟的場景時，我有自信自己一定可以將其翻譯得活靈活現、栩栩如生。

　　所以我才會強力建議各位希望成為翻譯的年輕人，絕對要先到普通公司普通的工作一陣子。

　　這篇散文是岸本佐知子的〈とりあえず普通に（總之要先普通）〉，收錄於《ねにもつタイプ（記恨的人）》（ちくま文庫出版）一書中，是一篇滿溢幽默感，讓人忍俊不禁的文章。這篇文章是以作者的個人經驗為基礎寫成的散文，描述要成為翻譯前最好先在普通的公司裡上班，因為上班時會得到許多不平常的經驗。讀完這篇文章後，你會發現作者在第二段到第四段描述個人經驗時，非常巧妙的運用了**接續詞**。「例如你曾經有被罵到直不起身的經驗嗎？我有」、「例如你認識性格跟衣品天差地遠的人嗎？我認識」、「或者你有過被公司特地派到大阪去跳康康舞的經驗嗎？我有。」，像這樣使用接續詞「例如」和「或者」，能使段落開頭產生韻律感，讓讀者期待後續的段落內容。

接著第五段開頭以「上述這些絕對都是沒有去公司上班的話大概一輩子也無法體驗到的經驗」，直接統整了三個刺激經歷，第六段則使用接續詞「所以」來開頭，以「所以我才會強力建議各位希望成為翻譯的年輕人，絕對要先到普通公司普通的工作一陣子」做全文結論，完美收束起整篇文章。我們讀完這篇散文後可以實際感受到，在閱讀文章時如果以段落為單位，注意各段落開頭的接續詞，就能夠更明確看出文章的走向與整體架構，有節奏的讀完整篇文章。

【第九章總整理】

　　第九章討論到**閱讀時的段落**。我們基本上會按照**形式段落**來閱讀文章，不過讀到最近因重視易讀性而切分得較短的段落時，讀者可能會無法掌握文章的整體走向。這時只要將較小的段落結合為較大的**意義段落**，也就是**段**，就能夠確實掌握文章的整體走向。另外段落可以分為不管是誰都會在同一個位置分段的**必要段落**，以及依照作者的性格或詮釋方式不同，分段位置可能會改變的**自由段落**。如果讀者對於後者較為敏銳，就能夠正確的掌握作者的表達意圖。此外，段落開頭有可能會放上**接續詞**。位於段落開頭的接續詞能夠連接前後段落，在閱讀時注意這些接續詞，能夠讓讀者更有效率的閱讀文章。

第十章
寫作時的段落

分段

在「閱讀」之後，我們要討論「寫作」時如何使用段落。段落是箱子的概念在寫文章的時候相當好用。我們先將它視為收納許多句子的容器來思考看看。

在開頭**小主題句**規範出的框架中填入**支持句**，就會構成段落這個箱子。深入討論小主題句內容的方法可大略分為以下五種。

第一種是**「說明」**，先以小主題句表達作者想說的內容，再用支持句接著描寫說明或解釋。以下段落就是先以小主題句表達文庫本的定義，再用支持句詳細比較文庫本跟單行本與新書的差異。

<u>文庫本是為了能讓更多人閱讀而製作的小尺寸書籍。</u>與單行本不同，文庫本是將相似類別作品編輯為格式一致的叢書（系列書）的一種。通常已發行並獲得一定市場支持的單行本會以文庫本形式重新出版。新書跟文庫本一樣

都是叢書的一種，不過新書的尺寸較大，出版內容也是以實用性書籍為主，文庫本則主要收錄小說。不過文庫本也有可能因為編輯部的出版規劃而收錄漫畫或實用性書籍。

第二種是「**舉例**」，先以小主題句表達作者想說的內容，後續再提供具體案例。以下段落就是先以小主題句列出文庫本很方便的論述，再於後續脈絡中提出數個能夠支持該論述的具體例子。

　　<u>文庫本的特點就是它對讀者而言相當方便</u>。例如它的尺寸較小，可以隨時在電車上拿出來讀。而且它可以放進包包裡隨身攜帶，收納時不會占空間也是其可貴之處。另外一個優點是它跟單行本相比價錢較便宜，不會造成消費者負擔。文庫本還有一個特點，是它比較耐久，因此在單行本絕版之後，文庫本還是相對容易購得。

第三種是「**理由**」，先以小主題句表達作者想說的內容，後續描述其理由或根據。以下段落的形式，是先以小主題句描述新潮社出版的文庫本上方切面會參差不平的事實，再用支持句說明其理由，並於最後做總結。

　　<u>新潮文庫本的側面跟下方切面都切得很整齊，只有上方切面參差不平</u>。為什麼上方切面參差不平呢？這是因為新潮文庫本的上方切面會有深褐色的絲帶。這條絲帶被稱做書籤帶，能夠當書籤使用。在製作文庫本這種平裝書時，封面跟書籤帶會先被裝到書本上，最後再整本書一起裁切。這時如果將上方切面切齊的話，新潮文庫本的特色書籤帶就會一起被裁掉了。因為無法平整裁切，新潮文庫的上方切面才會如此參差不平。

第四種是「**經緯**」，即在段落內將一連串事件按照時間順序列出。以下的段落中先以小主題句預告要說明文庫本的歷史，再接著描述一連串的發展過程。

　　首先我要來介紹文庫本的發展歷史。眾所皆知日本系列出版的先驅是明治、大正年間的袖珍名著文庫和立川文庫等出版物，不過一直到昭和年間的岩波文庫（1927年創刊），才確立了現代文庫本的形式。小尺寸且便宜的A6大小系列書在當時引起熱潮，改造文庫、春陽堂文庫、新潮文庫等文庫出版相繼創立，建立了戰前文庫本的基礎。戰後隨著新潮文庫的復刊，角川文庫和現代教養文庫也陸續創立，此外70年代有講談社文庫與中公文庫、80年代則有光文社文庫跟ちくま（Chikuma）文庫等等，文庫本變得越來越普遍。接著還發展出專門出版科幻與推理小說的ハヤカワ（Hayakawa）文庫、出版商業或生活文化領域的知的生きかた（Chitekiikikata）文庫，現代文庫本細分出了不同領域，迎向更多樣化的時代。

　　第五種是「**場面**」，這種方式跟經緯相似，是按照時間順序描述一連串事件。不過與前面的四種方式不同，這種寫法的小主題句是用來確立故事背景的句子。以下段落就是以「某個晴朗的日子，我去了附近的大型書店」這段確立故事背景的句子開頭，再接著描述在大型書店中發生的一連串事件。

　　某個晴朗的日子，我去了附近的大型書店。該書店的文庫本陳列櫃相當豐富，岩波文庫、新潮文庫、講談社文庫、集英社文庫等知名出版社的文庫品牌緊密排列在一起。我反覆進行將自己有興趣的文庫本從架上取出，翻

閱目次，再放回書架上的無機性動作。這時三浦しをん（Shiwon）所著，由光文社文庫所出版的《編舟記》突然出現在我的視野中。我曾經聽過《編舟記》這個書名，不過並不清楚這本書的具體內容。我隨意拿起這本書，只讀了開頭部分就被故事深深吸引。那時我還沒有注意到，這是我和國語字典的第一次正式相遇，也還不知道這次相遇將改變自己往後的人生。

不管是「說明」、「舉例」、「理由」、「經緯」、「場面」，重要的都是在小主題句的框架內書寫支持句，讓段落內描述的內容有一致性。我們必須明確表現出規範段落框架的小主題句，以及適當的深化內容，不讓其超出小主題句的框架，才能夠創作出架構完整的段落。只要瞭解這兩點，你就能確實寫出段落這個可說是支撐長篇文章最重要的核心，也就不會再為書寫長篇文章感到苦惱了。

將段落連接起來

現在我們瞭解如何在小主題句的框架內書寫後續內容並完成段落了。接下來我們要討論如何串連起不同段落。在串連段落時最重要的是文章的**大綱**。大綱可說是連接段落的設計圖。我們以一篇名為〈接續詞是否有邏輯性〉為標題的文章為例，來思考一下文章大綱應該長什麼樣子吧。

接續詞是有邏輯的用詞。因此大概有不少人相信只要使用接續詞就能寫出邏輯嚴謹的文章，而從某層面來說這也是事實。不過使用許多接續詞的文章並不一定就是有邏輯的文章。因為如果作者使用接續詞的方式欠缺邏輯性，則文章也不可能會有邏輯。有兩種方式會使接續詞的使用缺乏邏輯性，其一是文章邏輯太跳躍，其二是文章的情感凌駕於邏輯

之上。因此在使用接續詞時，作者必須以讀者立場來推敲檢視文章內接續詞的使用是否缺乏邏輯性。

我們按上述走向來寫文章吧。首先將文章的大綱條列如下：

① 接續詞是有邏輯的用詞。
↓
② 因此邏輯嚴謹的文章必須要包含接續詞。
↓
③ 不過使用許多接續詞的文章並不一定就是有邏輯的文章。
↓
④ 沒有邏輯的接續詞用法之一是文章邏輯太跳躍。
↓
⑤ 沒有邏輯的接續詞用法之二是文章的情感凌駕於於邏輯之上。
↓
⑥ 因此我們在寫作邏輯嚴謹的文章時，必須推敲檢視接續詞的使用方式是否有欠缺邏輯的狀況。

我們將上述各句當作小主題句放在各段開頭，並以深化各小主題句內容的方式來寫出整篇文章吧。

　　①接續詞是有邏輯的用詞。因為接續詞是為了使文章更容易理解，以作者與讀者雙方腦中的共通理論為基礎而選用的用詞。舉例來說，以「只要吃藥頭就不會痛」的理論為基礎，可以推導出「我吃了藥。所以頭就不痛了」這樣順向的因果關係。另外按照這個理論，假設發生了意料之外的狀況，也可以得出「我吃了藥。但是頭還是在痛」這樣有轉折的邏輯推演。上述兩句話的接續詞的邏輯性都是建立於「只要吃藥頭就不會痛」的基礎之上。

②因此，邏輯嚴謹的文章必須要包含接續詞。重視登場角色情感的小說中，平均十句話裡只會有一句，也就是只有10％左右的句子會使用接續詞。而極度重視邏輯性的論文中，平均四句中會出現一句，也就是有25％的句子會使用接續詞。論文使用接續詞的頻率比小說多上2.5倍的事實，正證明了接續詞對於邏輯嚴謹的文章而言是必要的。

③不過，使用許多接續詞的文章並不一定就是有邏輯的文章。如果用缺乏邏輯性的方式使用接續詞的話，就無法寫出有邏輯的文章了。欠缺邏輯性的接續詞用法有兩種，兩種都是口語表達中相當典型的用法。

④沒有邏輯的接續詞用法之一是文章邏輯太跳躍。例如說家長對回家路上被雨淋濕的孩子冷聲罵道「所以我就叫你帶雨傘嘛」的狀況中，支撐這個「所以」的基礎理論並非「因為你沒有帶傘所以被雨淋濕了」，而是「因為我預想到你會被雨淋濕，所以才叫你帶傘的」，它其實是事後提出的主觀論點。另外在上司因為部下沒聽懂自己說的話而大聲罵道「所以我剛剛就說過了啊」的狀況中，這個「所以」並不存在有因果關係的前提。口頭對話中的接續詞經常會出現邏輯看起來過於跳躍，導致缺乏邏輯性的狀況。包括這種不存在原因的「所以」、不存在相反內容的「反而」、沒有列出所有狀況的「任何狀況下」等等。

⑤沒有邏輯的接續詞用法之二是文章的情感凌駕於邏輯之上。我想應該不少人都有碰過不斷跳針說「但是」或「因為」的談話對象。「但是」和「因為」經常是執著於自身論點的人用以正當化自身主張的接續詞。這樣的接續詞也經常被用於表達藉口，聽起來略顯孩子氣。我們不可能以理說服經常使用「但是」和「因為」的人。因為這個「但是」和「因為」兩個接續詞都用以表達以發話者自

身的意見為基礎提出的想法，也表示發話者拒絕接受對方的論點。口頭對話中的接續詞也經常會出現這種感覺過度執著於自身意見以致於缺乏邏輯性的用法。

⑥因此我們在寫作邏輯嚴謹的文章時，必須推敲檢視接續詞的使用方式是否有欠缺邏輯的狀況。這時最重要的是以讀者的角度來閱讀。因為接續詞是為了讀者而存在的，從讀者的批判性視角來閱讀文章，我們才能看見文章內跳躍的邏輯或對於自身情緒的執念。大文豪井伏鱒二在散文中提過自己曾閱讀了某位敬重的作家的文稿，發現在推敲過程中修正的部分都集中於「但是」、「然後」、「然而」這種接續詞的位置。推敲檢視是讓作者化身為讀者的過程，這位文豪以其敏銳的直覺看出，接續詞必須立基於讀者邏輯而非作者的邏輯上才具有意義。

讀者們覺得如何？就是英語教育中所謂的**段落寫作技巧**。若按照段落寫作技巧的方式書寫，**小主題句**(topic sentence)即會擁有雙重性。①到⑥的小主題句會自然連接到後面的支持句，將其內容深化形成具一貫性的獨立段落。不過如同這篇文章的大綱所示，將小主題句①到⑥相互串接起來，也能夠形成自然流暢的一段文字，這段文字即是整篇文章的摘要。也就是說，一句小主題句會有兩個連接點，它會同時跟後續的支持句以及下一段開頭的另一句小主題句相連接，這種結構能使文章構造更為穩固。（**圖10-1**）

善用段落小標

巧妙運用小主題句的段落寫作技巧雖然能有效幫助我們寫出邏輯通順的文章，不過我們在書寫日語文章時，應該很少會極致地追求如此完

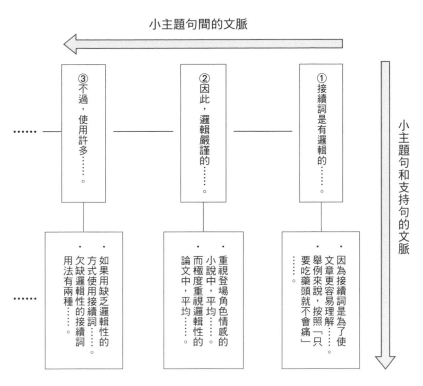

小主題句間的文脈

③不過，使用許多⋯⋯。

②因此，邏輯嚴謹的⋯⋯。

①接續詞是有邏輯的⋯⋯。

小主題句和支持句的文脈

．如果用缺乏邏輯性的方式使用接續詞⋯⋯。
．欠缺邏輯性的接續詞用法有兩種⋯⋯。

．重視登場角色情感的小說中，平均⋯⋯。
．而極度重視邏輯性的論文中，平均⋯⋯。

．因為接續詞是為了使文章更容易理解⋯⋯。
．舉例來說，按照「只要吃藥頭就不會痛」⋯⋯。

圖10-1小主題句的雙重性

整的結構吧？我自己在寫這本書的時候，也不是嚴格按照段落寫作技巧來書寫，而是更彈性地運用段落。

　　不過當我們在寫一篇首尾一貫的文章時，應該隨時記得要為段落訂出**小標**。包括本書在內，知識性新書通常都會為數個段落結合成的較大話題分塊加上小標。小標能使讀者更容易閱讀文章，同時也能成為作者用來測量文章邏輯是否通順的**量尺**。小標的功能相當於我們在第五章提到的資料夾標題。

以下這篇名為〈アドバイスは寄り添って（設身處地給建議）〉的文章，是我以從事居家看護的護理師為對象所發表的作品（收錄於《コミュニティケアー（社區照護）》249號，日本看護協會出版會出版）。為了呈現出文章走向，我將小標題分別訂為**「避免表現優越感」**—**「不要責罵」**—**「不要威脅」**—**「不要棄之不顧」**—**「同理心能產生信賴」**。

避免表現優越感

對於從事看護、照護工作的人而言，給予建議是必不可缺的職務之一。而提建議時最常出現的問題是，照護者該以什麼樣的遣辭用句給予被照護者和其家人建議呢？妥當的提建議方式能夠改善對方的行為，而提建議的方式有問題則可能會使對方不接受自己的意見，甚至導致自己與對方關係惡化。

給予建議的行為由於是由有專業知識者向無專業知識者表達意見，因此語氣中很容易帶有高人一等的態度，不過不管是誰，被以這種優越態度對待都會感到不快。因此在給予建議時，避免表現出優越感可說是成敗關鍵。

不要責罵

給予建議最重要的第一個重點，就是避免責備對方。照護者在遇到病情惡化的患者時，很容易脫口說出嚴厲的發言。

・所以我就說你不持續服藥就不會好啊。

當然不按叮囑持續服藥的患者本身也有責任，不過護理師也應該轉念反思自己沒有讓患者理解持續服藥的重要性，因此也必須承擔部分責任，並斟酌自己的用字遣詞。

・很不舒服吧？我們之後要乖乖持續服藥喔。

這樣的用詞避免了單向溝通，也能讓患者更率直地聽進護理師說的話。

另外，由於患者病情惡化會讓護理師的工作更加辛苦，因此護理師也很容易對在旁照護的家屬做出較為嚴厲的發言。

・為什麼放著他不管，讓他發了這麼高的燒呢？

每個家庭都有自己的特殊情形。每一位家人也都是努力地想同時兼顧自己的工作和看護、照護工作。對已經發生的事發脾氣也無法改變任何結果。這時應該記得要想像對方的艱難立場，做出有同理心的發言。

・媽媽好像很辛苦呢。之後如果有看到任何病情好像在惡化的徵兆，請隨時連絡我喔！

在旁照護的家屬最主要的功能就是察覺病情惡化的徵兆，因此希望各位能記住這種能促使對方關注病情徵兆的建議方式。

不要威脅

對於護理師來說，患者的身體健康自然是最重要的事。不過過度關注身體的健康，就容易忽略患者的心理狀況。嚴重的狀況下，可能導致護理師給出的建議反而成為威脅。

・你不趕快住院動手術的話絕對好不了喔。

當然在沒時間猶豫的狀況下，必須要用這種較強硬的口吻說服患者。不過如果患者在尚未做好心理準備的情況下聽到這種話，可能會陷入恐慌。

・病情非常嚴重，我強力建議你馬上住院動手術。

這樣的說法雖然聽起來也沒有比較委婉，不過能先讓病患理解現狀，再提供護理師的專業判斷。我覺得最重要

的是，必須要像這樣將最終選擇權交給患者才對。

另外各位是否也曾經因為過度擔心對方的身體健康而說出以下這種話呢？

・你再不戒菸真的會死。

當兩者關係比較親密時，也許這種話比較容易直接表達出發話者的想法，不過多數的情況下，這種話聽起來就是一種威脅。患者自身大概也有模模糊糊的感覺到香菸對身體不好，抽菸習慣也正在侵蝕自己的事實，不過就是戒不掉。

・咳嗽不止絕對是因為抽菸的關係。為了阻止病情繼續惡化，我們一起想辦法戒菸好嗎？

像這樣表現出抽菸是「我們共同的問題」而非「你自己的問題」，也許就能慢慢讓對方得以做好準備面對自己的抽菸習慣。

不要棄之不顧

以事不關己的態度給予建議是不會成功的。給建議時最需要注意的是避免放棄給建議。

・大家上了年紀都是這樣啦。

「大家上了年紀都是這樣」是明確的事實沒錯。不過每個人都想要盡可能延後老化的時間，讓自己的人生燃燒得更久一點。而將這種赤裸裸的事實告訴患者，也成不了什麼建議。雖然將病情惡化全部都解釋為老化造成的結果很簡單，不過患者心理上大概無法接受吧？

不管是誰在遇到自己身體狀況不佳時都會感到不安。尤其當醫師及護理師也都找不到病因時，這樣的不安會達到巔峰。不過就算是找不出病因的狀況，也不應該丟出以下這種擺明放棄尋找原因的發言。

・就是因為過勞吧？

患者自己也很明白自己有過勞的情況。他想從專業人士口中聽到的是過勞背後的真正原因。若患者聽見這種感覺放棄進行專業判斷的發言，可能會導致他對醫師或護理師失去信賴感。

同理心能產生信賴

我們在開頭有提到提供建議的訣竅是「避免表現優越感」，中間也有說到對病人表現出不是「你個人的問題」而是「我們共同的問題」的態度非常重要。上述這兩點都意味著，給予建議時應該站在能夠同理對方的「橫向立場」，而非有上下關係的「縱向立場」。

・真的很癢很痛苦吧？你一直忍耐到現在真的好棒喔。

比起令人感覺事不關己的話語，能夠建立交集的說話方式才能夠構築出信賴關係，也才能夠建立讓對方直率地接受建議的心理基礎。越忙碌的時候越應該停下來站在對方的角度思考。我認為以這樣的心態來對待對方是非常重要的。

在閱讀這篇文章時，你是否有看出制定小標時的重點呢？我在制定小標時的重點之一是將整篇文章分為三部分，**「避免表現優越感」**設定為序論，**「不要責罵」**—**「不要威脅」**—**「不要棄之不顧」**的部分為本論，**「同理心能產生信賴」**則為結論。而本論中**「不要責罵」**—**「不要威脅」**—**「不要棄之不顧」**三個小標則使用了類似的格式。設定格式相似的小標這點相當重要。結構嚴謹的文章會將同階層的小標設定為相似格式，如此一來能自然收束內容，使段落間的關係更明確，並讓讀者更容易掌握文章整體架構。前面提到小標能夠用來衡量文章邏輯是否通順，正是因為如此。

這種設定出小標的方法在書寫長篇文章時尤其有效。導覽頁面（Navigation Window）能一覽所有小標，就像目次般，我自己在寫作本書時也會一邊看著導覽頁面，一邊確認自己目前所寫的內容位於全書的哪一個部分。另外在編輯由多位作者共同寫成的書籍時，我也會將每位作者的單一檔案串連在一起形成一個大檔案，並利用文字處理軟體的目錄功能掌握整體階層性結構，確認不同作者的文稿風格差異後，再統一制定出各章標題，以讓所有標題看起來出自於同一本書。這樣調整後就能夠讓整本書看起來首尾一致，簡直像同一位作者所寫。

　　這樣將小標視覺化能讓作者確實掌握文章大綱，讀者也能更容易按大綱來閱讀。當然有些文章可能認為為每個段落一一制定小標反而太瑣碎煩人，因而沒有列出小標，不過當要謹慎的檢討段落間走向及關聯性時，還是必須按照話題分別為每一段命名，才能明確的看出段落結構。因此為段落制定小標的方法還是相當有效的。請各位務必試著為自己所寫的文章制定小標。

【第十章總整理】

　　我們在第十章討論到**寫作時的段落**。具體來說介紹了基於**段落寫作技巧**來擴寫**小主題句**內容的寫作技巧，還有以小主題句為主軸建立**大綱**，串連起每一個段落的方法，最後還有為段落加上**小標**以使讀者更容易掌握大綱的寫作技巧。當然在寫作時有各種不同運用段落的方式，但首先最重要的是要先掌握段落寫作技巧的基礎，寫出邏輯明確的文章。

第十一章
聆聽時的段落

談話間的段落標記

　　口頭表達中也存在著段落。雖然我們也可以很直觀地想像出談話間不同話題也會產生獨立分塊，不過佐久間まゆみ氏所提出的「話段」，乃是首度以理論形式提倡了此概念（佐久間1987）。而後Polly Szatrowski將其引進當時已顯露出流行徵兆的會話分析領域中（Szatrowski 1993），成為了話段變得更廣為人知的契機。

　　當然口語表達的段落不可能以換行空格的形式表現，不過在談話間，發話者其實會自然說出相當於換行空兩格功能的用語。

　　以下演說出自我在國立國語研究所的「日本語探險」活動中所舉辦的迷你講座「ようこそ、ドキドキ ワクワクの世界へ―オノマトペの不思議（歡迎來到令人期待心動的世界——擬聲、擬態語的玄妙之處）」之中談到擬聲、擬態語的部分。此講座的影片有上傳至YouTube上，請參考此連結（https://www.youtube.com/watch?v=jZzKB7VXQXg&t=183s）。

那麼今天首先要來談談擬聲、擬態語的部分。

首先請各位先聽聲音，然後想一想它的擬聲、擬態語會是什麼。各位手邊都有紙，但不寫下來也沒關係，想要寫的人再寫就好了。

接下來我會依序播放門鈴聲、相機快門聲、羊，動物的那個羊，的叫聲，然後是雞的叫聲。我會播出聲音，請各位想想要如何寫出這些聲音，想寫下來的人可以用手邊的紙記錄下來。

【聲音】門鈴聲

各位寫了什麼呢？對！應該都是「ピンポーン」吧？我想大部分人寫的都一樣，可能有些人會寫「キンコーン」，這個答案當然也沒有錯。

那，嗯，我們繼續往下喔。

【聲音】相機快門聲

好，很多人馬上就說出答案了。「カシャッ」。這是相機快門聲的部分。可能有人會說「パシャッ」，每個人用的擬聲、擬態語不太一樣，不過我覺得也沒什麼問題。

那接下來要聽羊叫聲，請聽。

【聲音】羊叫聲

各位寫了什麼呢？其實仔細聽這個叫聲的話會覺得它聽起來其實也不像「メエー」，不過在寫的時候一定還是寫成「メエー」對吧？一定的。或許也會有人寫成「ベエー、ベエー」，這樣的寫法也可能比較接近真實的羊叫聲，這當然也沒有問題，應該會有各式各樣的寫法。

那麼下一個我們來聽雞叫聲。

【聲音】雞叫聲

沒錯，日本人聽起來就是「コケコッコー」，所以我想大家一定都是寫「コケコッコー」。

不過呢，雞叫聲的擬聲、擬態語只有在日文中才會寫成コケコッコー，不同語言的擬聲、擬態語聽起來又不太一樣了。我們就來聽一下各語言的擬聲、擬態語吧。（啊不好意思，不知道為什麼多打了一個「4」在簡報上）

首先，嗯，美式英語的部分，我們來，嗯，聽一下吧。它聽起來是這樣的。

【聲音】美式英語雞叫聲

這是美國人聽到的雞叫聲。

那英國人耳中的雞叫聲又是什麼樣子呢？

【聲音】英式英語雞叫聲

聲音稍微低一點喔。

那麼，嗯，這個，嗯，我有去問了一下研究所裡的人，漢語，北京話的雞叫聲是什麼樣子呢？

【聲音】漢語（北京話）雞叫聲

聽起來很棒，好的。

那麼，嗯，蒙古語，這個是，嗯，中國境內的蒙古語的部分。

【聲音】蒙古語（中國）雞叫聲

蒙古語的雞好像是這樣叫的。差很多對吧？

一樣是中國，中國是很大的，那個，內蒙古族位於相當北邊的部分，而南邊，那個，跟東南亞相鄰的地區，有中國的，瑤族，瑤族的雞叫聲聽起來又是如何呢？

【聲音】瑤語（中國）雞叫聲

喔，嗯，聽起來跟漢語滿像的嘛。

那麼我們跨過國境來到越南，又會有什麼變化呢？

【聲音】越南語（河內）雞叫聲

（錄音檔咕咕咕～～～）聽起來是這樣的（錄音檔啊啊啊～～～）。喔不好意思，我在途中打斷了。那個，應

該要聽完才對。畢竟公雞也是非常努力的叫嘛。不好意思
打斷了。大概就是這樣。

　　這段演講的聲音本身並不像文章一樣有換行空兩格的段落存在。
不過只要觀察演講文字稿的段落開頭，我們就能看到文稿內有相當於換
行空兩格的記號。我們實際按順序回顧段落的開頭，分別是這樣的「で
は（那麼）」、「まず（首先）」、「これから（接下來）」、「で、
えっと（那，嗯）」、「じゃ、つぎ（那接下來）」、「それから、
つぎ（那麼下一個）」、「ところが、なんですね（不過呢）」、「ま
ず、えーっと（首先，嗯）」、「じゃ（那）」、「じゃ、えーっと
（那麼，嗯）」、「じゃ、えーっと（那麼，嗯）」、「同じ中国でも
広いもので（一樣是中國，中國是很大的）」、「じゃ（那麼）」。
　　觀察這些記號，我們就可以看出話段的開頭會有什麼樣的形態。
一般前面會出現「で（然後）」、「それで（接著）」、「では（那
麼）」、「じゃ（那）」這種表現話題轉換的接續詞，或「まず（首
先）」、「つぎに（接下來）」、「それから（下一個）」、「そし
て（後面是）」這種表達列舉話題的**接續詞**，而在接續詞後面容易出
現「えーっと（嗯…）」、「あのー（那個…）」、「そのー（那個
…）」這種表達停頓的**填補詞**。這場演講的聽眾主要為小學生，因此我
經常使用非正式場合用的「じゃ」來切斷語句，如果是面對成人或大學
生的演講，我就會使用「では」或「で」這樣的接續詞來表現出類似於
換行空兩格的分段效果。我認為我們在聽別人說話時，就是依靠這樣的
接續詞來掌握話段的分段位置。
　　另外除了話段的開頭之外，我們也能在話段結尾部分看出分段位
置。這次我們來依序回顧一下這場演說中的話段結尾部分吧。按順序列
出如下「いってみましょう（我們一起來）」、「書いてみてください
（請試著寫下來）」、「それでももちろん正解です（這個答案當然也
沒有錯）」、「きっとみなさん『コケコッコー』と書いたと思いま

す（我想大家一定都是寫「コケコッコー」）、「ちょっといろいろ
聞いてみましょう（我們就來聽一下各語言的擬聲、擬態語吧）」、
「アメリカ人の耳にはこう聞こえる（這是美國人聽到的雞叫聲）」、
「ちょっと声が低くなりましたね（聲音稍微低一點喔）」、「いい声
ですね、はい（聽起來很棒，好的）」、「ずいぶん違いますね（差很
多對吧）」、「でも似てますね、中国語とね（聽起來跟漢語滿像的
嘛）」、「こんな感じになります（大概就是這樣）」。

　　觀察話段的結尾後，你是否有注意到什麼呢？首先你會注意到結
尾會使用很多能跟聽話者互動的用語，例如用來表達邀約的「～しま
しょう（一起～吧）」、表達指令的「～してください（請你～）」、
表達確認的「～ですね（對吧）」等等。這種明顯要與聽話者互動的
表達方式經常出現在話段的分段部分。另外包括「～と思います（我
覺得）」、「正解です（正確答案）」、「いい声ですね（聽起來很
棒）」、「ずいぶん違いますね（差很多對吧）」、「でも似てます
（但還滿像的）」這種表示發話者想法及意見的表達方式也相當引人注
目。這是因為發話者的想法和意見能統整前面列出的客觀事實，因此經
常會被用在段落結尾部分。當然「こんな感じになります（大概像這
樣）」還有這裡沒出現的「～なんです（就是如此）」、「なわけです
（正是如此）」這種典型用來收束話題的句尾也有結束話段的功能在。
正因這種**文末表現**能標示出話段的結尾，所以我們在聽他人說話時，也
能自然掌握話題的分段。

談話段落的階層性

　　剛剛對小朋友的演說中的話段結構相當單純，就只是將相同大小的
話段串連在一起而已。不過在複雜且長時間的演說，例如教授在大學中
講課時，經常會出現話段裡還會包含更小的話段的這種**具階層性的話段**

結構。我們該如何聽清這種複雜的結構呢？

下面這段談話是我在2014年6月6日NHK教育頻道中的「視點‧論點」節目中，以「日本語の空氣（日語的空氣）」為題做演說時準備的底稿，為了顯示出話段的階層構造，我加上了小標。當然實際節目中完全沒有這些小標，聽眾只能用聽的來理解我所述內容。

1.序論…第一人稱的種類

1.1 日語中有許多種第一人稱

我平常在大學裡教授外國留學生日文。剛開始學日語的留學生首先會感到驚訝的是日語中有非常多種指稱自己的用詞，即第一人稱代名詞。確實日語的第一人稱相當繁雜，包括「私」、「僕」、「俺」、「わし」、「おら」、「おいら」、「あたし」、「うち」、「わたくし」、「小生」、「我輩」、「拙者」等等，會讓留學生很混亂。日本人為什麼需要這麼多不同的第一人稱呢？明明在英語裡只用「I」就可以了。

1.2 日語有許多第一人稱的理由

日本人究竟為什麼需要這麼多種第一人稱呢？我們應該反向思考，原因正是由於日語一般不會用到第一人稱。例如我說「こんにちは。石黒です。今日は一人称についてお話します（大家好，我是石黒。今天要來談談第一人稱）」聽起來很自然，但「こんにちは。私は石黒です。今日は私が一人称についてお話します（大家好，我是石黒。我今天要來談談第一人稱）」就很不自然吧？反覆說出「私（我）」會帶給人一種自我意識很強烈的印象。日語只會在特別且必要的時候使用第一

人稱，因此我們會在多個第一人稱中選用能表達特殊意義的第一人稱。這就是為什麼日語有這麼多第一人稱。

1.3 實際會用到的第一人稱種類不多

　　日語有很多第一人稱是事實，不過我們平常真的會用到這麼多種不同的第一人稱嗎？如果你不是夏目漱石的貓，你會用「我輩[1]」嗎？如果你不是武士，你會用「拙者[2]」嗎？通常男性常用「私」、「僕」、「俺」，女性常用「私」、「あたし」、「うち」，一般人只會從中挑選兩到三種來使用吧？雖然第一人稱有許多種，但實際有被使用的也只是其中一部份而已。

2. 本論…選擇第一人稱

2.1 選擇第一人稱的基準
2.1.1 選擇符合自己性格的第一人稱

　　那麼，我們在這麼多第一人稱之中做選擇的基準是什麼呢？答案就是該用語與自身性格的相符性。我們會為自己挑選適合的第一人稱用語，就像挑選適合自己的衣服一樣。

2.1.2 《忍者亂太郎》中的第一人稱選擇

　　只要看動畫就能理解，漫畫中的登場人物都選擇了適合自身性格的第一人稱。這邊以NHK教育頻道播映的《忍者亂太郎》為例。《忍者亂太郎》的主要人物是亂太郎、信平、霧丸這三個正就讀忍者學校的男孩。本作的主角，性格可靠且身為眾人

中心的亂太郎使用「私」，出身於富裕家庭，愛撒嬌的信平用的是「僕」，而個性獨立、對錢有極大執念的霧丸則是使用「俺」，三個角色用的第一人稱都各不相同。一起來回顧一下令人懷念的第一集吧。（播放影片）雖然因為本片是動畫的關係，角色的性格差異都被塑造得相當明確，不過我們還是可以理解第一人稱的選擇會表現出發話者的個性。

2.2 成長階段與第一人稱選擇的關係

2.2.1 隨著成長歷程變化的第一人稱

第一人稱非常有趣，一個人不會一輩子都使用相同的第一人稱。人們會在成長過程中如同出世魚[3]一般改變自己使用的第一人稱。

2.2.2 少年期前的第一人稱

我們以名為「友」的男孩為例。兩三歲的時候他會叫自己「友ちゃん」，因為周邊的人都這樣稱呼他。到了幼稚園左右的年紀，他會把「ちゃん」拿掉剩下「友」，這是因為他也長大了，周邊的人稱呼他的時候也不再加上「ちゃん」了。接著進了小學之後，第一人稱應該會改為「僕」吧？這是因為他到了學校會發現，都上了小學還用自己的名字稱呼自己是很怪的一件事。

2.2.3 青少年期的第一人稱

升上中學後，受到所謂中二病的影響，「僕」會變成「俺」。這是因為他進入了叛逆期，希望能獨立自主，因此裝模作樣地想展現狂放的自我吧？

不過到了高中、大學之後，將「俺」改回「僕」的
人會慢慢增加。因為他們會對過去意氣風發的自己
感到莫名羞恥。

2.2.4 成年後的第一人稱

邁入大學生活的後半，就得開始找工作了。有
越來越多人會在意識到自己的社會人士身分後稱呼
自己為「私」。然後結婚生子後會從孩子的視角稱
呼自己為「お父さん」、接著年紀更大有了孫子之
後，則會從孫子的角度稱自己為「おじいさん」。

2.2.5 第一人稱變化整理

如上所述，一個人的第一人稱會隨著成長過
程，按照「名字＋ちゃん」→「名字」→「僕」→
「俺」→「僕」→然後是「私」→「お父さん」→
「おじいさん」的順序改變。

2.2.6 旁人目光與第一人稱選擇

這邊有一個重點，即第一人稱不是自己決定
的，而是依照發話者認為旁人如何看自己、希望旁
人如何看自己來決定。女孩子也會在成長過程中改
變第一人稱，不過男孩子的第一人稱變化通常更快
速且更劇烈。例如這位小友如果上了小學後不自覺
脫口說出「友はね（友啊……）」，就會被旁人
嘲笑說「你剛剛是用自己的名字自稱嗎？羞羞臉
～」。通常女孩子不管升上國中或高中，以自己的
名字稱呼自己也不會被嘲笑，實際上也有很多人會
用自己的名字來稱呼自己。

2.3 對象、場合與第一人稱選擇的關係

雖然第一人稱跟發話者的成長階段有關，但這並不是唯一的決定因素。第一人稱也會隨著說話對象與場合改變。例如有些大學生會在家人或社團朋友等親近的人面前使用「俺」，在專題研究課堂發表意見等嚴肅的場合會使用「僕」，在打工場所面對客人的時候則會使用「私」。也就是說，發話者會依照自己跟說話對象的關係、場面的正式程度分別使用不同的第一人稱。大學生如果在專題研究課堂或面對客人時使用「俺」的話，現場的氣氛一定會變得相當尷尬吧？

2.4 選用「自分」作為第一人稱
2.4.1「自分」作為第一人稱

最近很常聽到有人以「自分」作為第一人稱。「自分」原本是軍隊或警察在使用的第一人稱，不過現在不管在校園或辦公室裡都很常聽到有人用。我曾經問過自己專題研究課堂中的學生為什麼要使用「自分」作為第一人稱。對方回答是因為希望在我這種專業人士面前表現出謙虛感，因此選擇了「自分」，我才恍然大悟。

2.4.2 選用「自分」與社會氛圍的關係

「自分」一般是在階級明確的組織中面對上位者時使用的第一人稱。他帶有就算表明了個人想法，最終還是會依循上位者想法行事的謙虛態度。這種第一人稱不太會改變說話當下氛圍，是相當保守穩重的用語，出生於泡沫世代的我幾乎完全沒有用過。我想使用「自分」的人增加的背景因素，部

分可能是由於近來社會情勢改變，就業環境嚴苛的
緣故。

3.結論⋯第一人稱選擇與日語的氛圍

常有人說日語是「如何說」比起「說什麼」更重要的
語言。我們今天討論到的第一人稱亦是如此。在多種不同的
第一人稱做出選擇，將表現出發話者自身的性格、影響談話
當下的氣氛、進而營造出整個社會的氛圍。我們在選用詞彙
時，總是在考慮在自己跟對方的關係下該表現什麼程度的自
我。這就是語言的困難之處，卻也是其樂趣所在。

我在準備要進行長篇演說時，通常會將整段演說分成鋪墊話題的
序論、討論核心的本論、統整內容的結論三個部分。以上面這段內容來
看，三部分結構就是「1.序論⋯第一人稱的種類」—「2.本論⋯選擇第
一人稱」—「3.結論⋯第一人稱選擇與日語的氛圍」。不過這三段底
下分出的階層深度都各不相同。「1.序論⋯第一人稱的種類」有兩個階
層，本段底下的階層如下：

1.1 日語中有許多種第一人稱
1.2 日語有許多第一人稱的理由
1.3 實際會用到的第一人稱種類不多

而「2.本論⋯選擇第一人稱」則是三階層結構，它底下的階層如
下。一般來說相較於序論跟結論，本論的結構會較長且較複雜，也會有
更多層的階層構造。這個節目中講師發表的時間約為九分鐘內，因此最
多也就是分成三到四個階層，不過時長90分鐘的大學課堂中，話段的階
層有時也可能會深達五到七層。

2.1 選擇第一人稱的基準

　　2.1.1選擇符合自己性格的第一人稱

　　2.1.2《忍者亂太郎》中的第一人稱選擇

2.2 成長階段與第一人稱選擇的關係

　　2.2.1隨著成長歷程變化的第一人稱

　　2.2.2少年期前的第一人稱

　　2.2.3青少年期的第一人稱

　　2.2.4成年後的第一人稱

　　2.2.5第一人稱變化整理

　　2.2.6旁人目光與第一人稱選擇

2.3 對象、場合與第一人稱選擇的關係

2.4 選用「自分」作為第一人稱

　　2.4.1「自分」作為第一人稱

　　2.4.2選用「自分」與社會氛圍的關係

　　「3.結論…第一人稱選擇與日語的氛圍」只有單一階層，底下沒有其他階層。

　　我們像這樣去分析一個人做出的長獨白（Monologue），就能夠得出複雜的階層性結構。但重要的是，我們在聆聽時不可能意識到這個階層構造。假如我們一邊聽邊抄寫筆記記錄下話語結構，聽完之後再回頭整理筆記，確實能夠列出上述這樣的階層性結構，不過在聽演說的當下，我們其實關注的重心只有發話者此刻所說的話題，也就是話段的存在。這個以話題區分的話段，是最下層的話段，也就是基本話段，它相當於文章中以數句話構成的小段落。我們是以話段為基礎單位來理解一個人的獨白。

　　而只有在較上層的話段開頭或結尾處，我們才會意識到上層話段的存在。以「2.本論…選擇第一人稱」為例，上層話段「2.1選擇第一人稱的基準」中開頭為「那麼，我們在這麼多第一人稱之中做選擇的基準是

什麼呢？答案就是該用語與自身性格的相符性」，這就表達出了上層話段的框架。這個上層話段在提出具體範例《忍者亂太郎》的內容後，以「雖然因為本片是動畫的關係，角色的性格差異都被塑造得相當明確，不過我們還是可以理解第一人稱的選擇會表現出發話者的個性」做收尾，我們就可以預測到發話者要移動到下一個上層話段了。

接著「2.2　成長階段與第一人稱選擇的關係」以「第一人稱非常有趣，一個人不會一輩子都使用相同的第一人稱。人們會在成長過程中如同出世魚一般改變自己使用的第一人稱」開頭，顯示出上層的框架。一旦確立框架後，你就能毫不費力的聽懂兒少期到老年期的第一人稱變化，最終以「如上所述，一個人的第一人稱會隨著成長過程，按照「名字＋ちゃん」→「名字」→「僕」→「俺」→「僕」→然後是「私」→「お父さん」→「おじいさん」的順序改變」收尾。「2.2.6　旁人目光與第一人稱選擇」這個基本話段談到「男孩子所受到的第一人稱社會化影響比女孩子更強烈」，嚴格來說是延續前面的話題，不過，這段是負責連結到下一段，也是為接下來的「2.3對象、場合與第一人稱選擇」做鋪陳的基本段落。

接下來「2.3對象、場合與第一人稱選擇的關係」以「雖然第一人稱跟發話者的成長階段有關，但這並不是唯一的決定因素。第一人稱也會隨著說話對象與場合改變」為開頭，「2.4選用『自分』作為第一人稱」則以「最近很常聽到有人以『自分』作為第一人稱」開頭，這都是為了讓聽眾意識到上層段落的開頭部分。上面兩個上層段落的結尾分別為「也就是說，發話者會依照自己跟說話對象的關係、場面的正式程度分別使用不同的第一人稱。大學生如果在專題研究課堂或面對客人時使用『俺』的話，現場的氣氛一定會變得相當尷尬吧？」和「我想使用『自分』的人增加的背景因素，部分可能是由於近來社會情勢改變，就業環境嚴苛的緣故」，兩句都是能為上層話段做收尾的句子。

這種理解話段的方式也適用於大學課堂等五~七層的演說內容。我們在聆聽演說時乃是以位於最下層、由幾句話構成的基本話段為基礎，並

大話段	上層話段	下層話段
1.序論 第一人稱的種類	1.1 日語中有許多種第一人稱	
	1.2 日語有許多第一人稱的理由	
	1.3 實際會用到的第一人稱種類不多	
2.本論 選擇第一人稱	2.1 選擇第一人稱的基準	2.1.1 選擇符合自己性格的第一人稱
		2.1.2 《忍者亂太郎》中的第一人稱選擇
	2.2 成長階段與第一人稱選擇的關係	2.2.1 隨著成長歷程變化的第一人稱
		2.2.2 少年期前的第一人稱
		2.2.3 青少年期的第一人稱
		2.2.4 成年後的第一人稱
		2.2.5 第一人稱變化整理
		2.2.6 旁人目光與第一人稱選擇
	2.3 對象、場合與第一人稱選擇的關係	
	2.4 選用「自分」作為第一人稱	2.4.1 「自分」作為第一人稱
		2.4.2 選用「自分」與社會氛圍的關係
3.結論 第一人稱選擇與日本語的氛圍		

圖11-1話段的階層性及基本話段（灰色部分為基本話段）

只在基本話段跟上層話段的切點重疊時才注意基本話段與上層話段的關係，進而掌握當下話題在整段演說構造／大綱中的位置，抓出整段話的體系結構。

　　口語表達的語言中並不存在肉眼可見的段落標示，也沒有段落前的小標或小標前的數字編號。且也無法一覽談話的整體樣貌。我們的大腦並沒有能力瞬間將複數階層結構化，同時掌握各話段的定位。儘管如此，我們之所以能夠一邊聆聽演說一邊建立起整體結構，是因為我們在聆聽時會以當下聽見的數句話所構成的基本話段為單位，將話語一一收納進腦中假想的階層資料夾中適當的位置裡。（**圖11-1**）

譯註1：此處引用夏目漱石所著小說《吾輩は猫である（我是貓）》，作中主角以「吾輩」自稱。（「吾輩」和「我輩」發音相同，只是漢字表記不同。）（《夏目漱石全集1》筑波書房，1987年9月29日，夏目漱石著。資料來源：青空文庫）

譯註2：「拙者」主要是近世武士在向同輩或位階較低者自稱時使用。（《広辞苑　第二版》岩波書店，1969年5月16日發行。新村出。P. 1248）

譯註3：指在不同成長階段有不同名稱的魚，例如青甘魚在不同時期的名稱變化如下（不同地區用語不同，此為三重縣熊野灘沿岸地區的稱呼法）セジロ→ツバス→ワカナカ→ライオ→イナダ→ワラサ→ブリ。（大橋敦夫(2019)。信濃のことば・まとめ。総合文化研究所所報学海，第5卷，P47-P61）.

【第十一章總整理】

　　我們在第十一章討論**聆聽時的段落**。雖然口語表達中不存在換行空兩格的形式段落，不過在口語段落，也就是**話段的開頭部分**會出現表示話題切換的**接續詞**或**填補詞**，**話段的結尾部分**也會有與聽者互動、對前述內容發表意見或進行統整的**文末表現**，聽者能夠藉此在聆聽時意識到**話題的分塊**。將這些分塊放進腦中的資料夾中進行**階層化**統整後，我們在聆聽長時間演說時就能毫無困難的理解其內容了。

第十二章
說話時的段落

段落是連接思緒的橋樑

　　我們容易將段落想像成一個存在於文章內的結構，不過一路讀到這裡的讀者應該可以理解，段落其實存在於使用語言的人的腦袋中，是一種可以幫助我們整理思維的好用工具。我們如果拼命寫文章，或沉浸在自己說的話語中滔滔不絕，一不留神就容易忘掉自己寫作、說話的目的或內容。第五章有談到，我們在表達想法時的思考迴路是由兩個不同意識結合而成。這兩種意識分別為以句子為單位，意識到前後語意脈絡來接續話語內容的「走向」，及基於文章、談話整體的目的規劃出整體結構，並依其來推進談話內容的「架構」。不過如果一個人在說話過程中談得太過入迷，話語就容易會失去方向性，陷入不知道自己在談論什麼的狀況。此狀況即是過度關注「走向」而忽略「架構」的結果。段落能避免這種語句毫無規劃的不斷延續，使話語失去秩序的狀況。段落是介於中間的文字單位，它能依照話題將數個句子統整在一起。段落能像橋樑一般，將以句子這種微觀視角形成的「走向」和以文章結構這種宏觀視角建立的「架構」這兩個相異的思維層級連接在一起。

在需要不看草稿進行長篇談話時，段落特別有用。說話這種行為跟寫作不同，既無法將自己表述的過程記錄下來，而且因為面前有聆聽者存在，所以還必須在限定時間內進行發表。這一點跟可以花費大量時間斟酌推敲的寫作截然不同。當我們站到他人面前時，會先有一個大略規劃「我今天要按順序說明這個跟這個跟這個」。然後實際開始說明時，我們則會適當參照腦中的計畫進行發表，避免讓自己說出的話語偏離主題。

下面這個訪談是我在2013年6月接受訪談的逐字稿。標題是「場面に『ふさわしい』日本語　身近に感じる言語学（與場面『相符』的日語　生活周遭的語言學）」，刊登於『WEDGE Infinity』（http://wedge.ismedia.jp/articles/-/2928）。我們可以從副標「『日本語は「空気」が決める』石黒圭氏インタビュー（《『氛圍』決定日語》作者石黒圭氏訪談）」看出當時撰稿者本多カツヒロ（Katsuhiro）是因為對我出版的著作內容有興趣，才做了訪談來介紹這本書的內容。

訪談開頭本多先生詢問我為什麼要寫《日本語は「空気」が決める（『氛圍』決定日語）》這本書。時間有點久所以記不太清楚了，不過我記得自己在回答時是先以「書店中跟日語有關的書都是以『正確性』為基礎來寫的，所以自己想出一本以『相符性』這種語言學的思考方式為基礎寫成的書」這個寫作動機為核心，在腦中想像整體結構，再讓自己說的話收束其中。我腦中的結構也反映在接下來這篇訪談文字稿的段落結構上。順帶一提，這篇文字稿的段落結構是由撰稿者本多先生切分的，他在分段時注重易讀性，所以切得比較細。

　　──書店裡陳列的書籍都在談論日語的「正確性」，你是因為對這些書有所擔憂才寫出了本書（石黒圭《日本語は「空気」が決める　社会言語学入門》光文社新書）嗎？

石黑圭氏（以下簡稱石黑氏） 正如你所說。我在寫作本書時抱持的想法是，希望大眾不要用「正確性」的視角，而是用「相符性」的視角來看待日語。「優美」、「正確」這兩個形容詞近來已經成為了暢銷日語書籍的關鍵字。不過用科學，也就是客觀的角度看待語言的語言學者，會認為這兩個形容詞相當危險。因為這兩者都不過是主觀的意見而已。

例如「おやじ（老爸）」這個詞一定很難聽，「お父様（父親大人）」這個詞就很優美嗎？我們應該不能將問題想得如此單純。有人會覺得「おやじ」優美或討人喜愛，也有人無法感受「お父様」的美感，只感到厭惡。

例外一般別人叫我們「あいつ（那傢伙）」的時候，我們會感到被輕視而火冒三丈。不過在名偵探柯南中，毛利蘭回憶起青梅竹馬的愛人工藤新一，稱其「あいつ」時，卻包含了複雜萬千的心意，讓人感覺其中有美的存在。因此我們無法一概而論說哪些詞語優美，哪些則否。

另外「正確」這個詞也是有問題的。

當然，如果無法「正確」使用詞語，常常就無法妥當傳達自己的想法這點是事實。我的本職是教留學生日語，而若留學生不學習正確的文法，就無法組成能表達意義的文句。就算是日本人，在語彙上也可能將「アボカド（酪梨）」誤記為「アボガド」，將「人間ドック（定期健檢）」誤記為「人間ドッグ」。

不過我們幾乎不會搞錯文法。只要是母語者的表達，在文法上都會是「正確的」。

——確實我們會搞錯一些詞語。不過也常有人說語言會隨著時代改變。

石黑氏 語言學上有「規範」跟「記述」兩種概念。「規範」指的是語言在意識上的正確性，而「記述」則是指現實會這樣使用，強調意義上的正確性。

舉例來說「見れる（可以看得到）」、「食べれる（可以吃）」這種「ら抜き言葉[1]」，或「飲まさせる（讓人喝）」、「言わさせていただく（讓我說）」這種「さ入れ言葉[2]」，還有「行けれる（可以去）」、「泳げれる（可以游泳）」這種「れ足す言葉[3]」，把這些詞這樣列出來，應該會有人看了就搖頭皺眉吧？這些詞彙至少在書寫上是不適用的。也就是說它們在「規範」上是不正確的。

不過我們只要上網Google就會知道，上述全都是普遍被使用的表達方式。也就是說，從「記述」面看來它們全部都是正確的。

語言學家討論的正確性是「記述」的正確性。如你所說，語言不斷在變化，而正確性也會隨之不斷變化。語言學家認定的正確性，是以現今有多少人在使用來決定的。

本來每一位日語使用者就都是決定日語的正確性的人。只要不讓談話對象感覺不適，就可以無視規範上的正確與否。不過單獨一個人相當渺小，大家對於自己的表達能力都相當沒有自信。於是便提供了部分知識份子販賣脫離現實的某種「正確性」的機會。

我最終找到了「相符」一詞來取代「優美」和「正確」。「相符」指的是依照對象或話題、目的或場合不同，使用相應的適當詞語。而本書中介紹的社會語言學，正是在研究這個適當性背後的機制。

（場面に『ふさわしい』日本語　身近に感じる言語学）

做出好簡報的方法

近年來使用**PowerPoint投影片**進行簡報成為標準的發表模式。不過使用PowerPoint進行發表其實並不是這麼簡單的事。我想在此討論如何巧妙地使用PowerPoint進行簡報，而其中最重要的就是投影片的製作方式。這裡我們要結合段落的概念，討論PowerPoint投影片的製作技巧。

PowerPoint的一張張投影片，就相當於一個個段落。因此投影片的基本架構上，我們首先要放入能明確呈現段落整體內容的小主題句，接著是能深化小主題內容的支持句，最後加入統整內容的小結論句。更具體來說，PowerPoint投影片的結構分為三部分，最開頭的一句話是表現出段落疑問的序論，後面的數句話是能回答該問題的本論，最後一句話則是統整段落內容的結論。依此結構進行簡報，絕對能做出清晰易懂的簡報。

雖然PowerPoint的投影片是淺顯易懂的簡報中不可或缺的要素，不過它其實有個大缺點。即能投放出的內容只有當下說明的那張投影片，聽者既看不見前後的投影片，也無法確認簡報整體架構。也就是說，PowerPoint雖然適合用來表現報告的「走向」，卻不適合表現其「架構」。因此使用PowerPoint進行簡報時，我們必須**花點心思補足這個弱點**。

補救此弱點的方法之一，是在位於投影片最上方的標題上加點巧思。PowerPoint投影片的標題跟小主題句一樣能明確顯示該投影片的內容，但它其實還有另一個重要功能，那就是呈現出現在投映的投影片在整體簡報中的定位。每一張簡報都包含著第十一章提到、相當於基本話段的內容。基本話段在話段的階層結構中位於底層，因此我們必須呈現它跟上層結構的關係，才能讓聽眾掌握該投影片內容在整體架構中的定位。因此我強烈建議各位將投影片標題訂為「〔上階層〕①〔下階層的內容〕」，在標題中呈現下階層的內容，也就是「走向」的部份，同時也加上在上層結構中的位置，也就是「架構」的部份。如此就能夠明確

表現出當下談論內容在整體簡報中的定位。

　　與前述內容相關，能補救PowerPoint弱點的第二個方法，就是製作**大綱投影片**，事先將整體內容的結構圖提供給聽眾。先展示出簡報的結構圖，就能使聽眾明確掌握後續投影片的定位，如此一來他們在看見各投影片標題中的上階層時，也能夠在腦中找到能安放此投影片的相對位置，減輕理解負擔。PowerPoint簡報本身的特性就比較適合細節說明，因此我們必須注意明確呈現出各細節在整體簡報中的定位。

　　補救PowerPoint弱點的第三個方法是**製造能使聽眾意識到前後投影片的小機關**。投影片最上方是小主題句，最下方則是結論句，小主題句中應該加入能延續前一張投影片的內容，小結論句也不能單純統整該張投影片，而是要預告下一張投影片的內容，讓聽眾能期待下一張投影片。如果觀察一張張依序說明投影片的簡報，我們會發現發表者總會在切到新投影片的時候停頓一下，回想新投影片要說的內容。這種簡報無法吸引聽眾。講者如果在前一張投影片結束的同時已經準備好下一張投影片內容，在切換投影片時就可以很流暢的延續話題，而不會削弱掉聽眾的注意力。

課堂對話中的段落

　　在討論口頭表達的段落，也就是所謂的話段時，我們容易聚焦於討論在眾人面前演說時做出的單向**長獨白**（Monologue），而忽略了雙向**對話**（Dialogue）的存在。在對話中會有複數的人按順序交替發言，因此發話者的更替本身就具有分段功能，原則上一個人做出的發言就是一個段落。

　　下面是我為空中大學寫出的**腳本**。此課程由兩位教師交互對話進行。實際錄製出的課程並沒有按照腳本進行，加入了非常多即興發揮的部分，不過這邊為使各位更容易看清話題的進展，以腳本做為討論基

礎。發話者A是負責說明的我。而我提到「請看這邊」的時候展示出的圖片則為下面這張圖。（**圖12-1**）

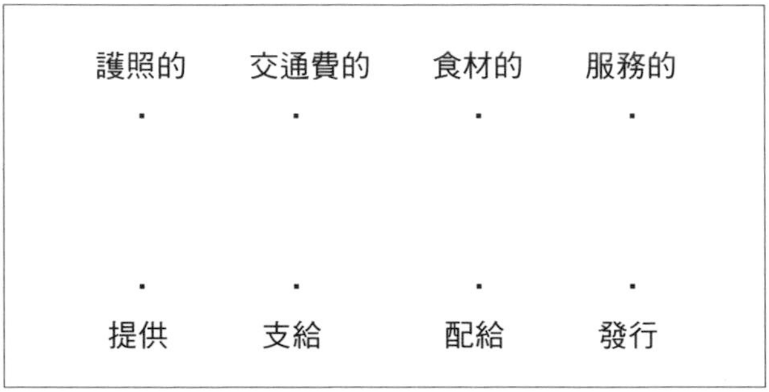

護照的　　交通費的　　食材的　　服務的
‧　　　　　‧　　　　　‧　　　　‧

‧　　　　　‧　　　　　‧　　　　‧
提供　　　　支給　　　　配給　　　發行

圖12-1 顯示於畫面上的圖片

發話者A：那接下來請看這邊。

聽話者B：好的。

發話者A：上下分別有四個詞彙。下面全部的詞彙都是表示給某個人什麼物品的用詞，請你想一想，它們分別應該接在哪個詞後面。

聽話者B：沒問題。我看看……「旅券の〜（護照的）」接「発給（發行）」、「交通費の〜（交通費的）」接「支給（支給）」、「食料の〜（食材的）」接「配給（配給）」、「サービスの〜（服務的）」接「提供（提供）」對嗎？

發話者A：回答正確。上面「発給」、「支給」、「配給」、「提供」四個詞非常相像，它們是相似詞，不過它們連接的詞語卻各不相同。

聽話者B：確實如此。如果換接別的詞就會感覺哪裡怪怪的。

發話者A：「提供」跟「サービス」非常搭，它另外還適合搭配哪些詞呢？

聽話者B：嗯，我想一下……。「情報の提供（提供情報）」或「データの提供（提供數據）」，或者「機会の提供（提供機會）」之類的吧？

發話者A：沒錯。「提供」有給予對方有用的事物的意思在，因此「情報」、「データ」、「機会」都不錯。那麼「支給」呢？

聽話者B：除了「交通費」以外，支給「手当（津貼）」、支給「ボーナス（獎金）」、支給「年金（年金）」等等，好像大多都跟錢有關呢。雖然偶爾也會有錢以外的用法，例如支給「制服（制服）」等等。

發話者A：「支給」似乎有給予他人約定好的金錢，或業務上必要之物的意思。

聽話者B：得到「提供」或「支給」都是令人開心的事，不過這樣合起來看，就會很清楚看出兩者語意的差別呢。

發話者A：接下來來看「配給」跟「発給」吧。除了「食料」跟「旅券」之外感覺還能接什麼詞呢？

聽話者B：提到「配給」很容易想到戰爭時期呢。除了「食料」以外主要也是搭配跟食物、飲料有關的詞彙吧？「お米の配給（配給米）」、「塩の配給（配給鹽）」、「飲料水の配給（配給飲用水）」之類的。當然還有配給「日用品（日用品）」、「衣類（衣服）」等生活必需品。

發話者A：果然厲害。「配給」在語意上經常是指在戰爭或
　　　　　災害等非常狀況時，免費將生活所必需的物資平
　　　　　均分配給所有人。

聽話者B：接下來是「発給」。好難想「発給」可以接什麼
　　　　　喔。「旅券」指的是「パスポート（護照）」對
　　　　　吧？另外只剩「ビザ（簽證）」、「査証（簽
　　　　　證）」之類的吧？

發話者A：沒錯。「発給」只限於用來指稱發行護照或簽證
　　　　　等跟出入境有關的文件，例如「旅券の発給（發
　　　　　行護照）」、「査証の発給（發行簽證）」。

聽話者B：話說回來，依靠詞彙搭配來辨別各詞彙的語意差
　　　　　異是頗為好用的方法呢。

發話者A：沒錯。每個詞彙因其語意的微妙差異，能接續的
　　　　　詞語在某種程度上是固定的。

　　這個腳本中最小的話段，是依照發話者更替區分出的每一段發言，
不過從較為宏觀的角度來看，我們可以看出裡面有六個話段，分別是讓
聽話者B回答詞彙組合問題的話段、說明「提供」的話段、說明「支給」
的話段、說明「配給」的話段、說明「発給」的話段，以及說明詞彙組
合的有用之處的統整話段。我們也可以看出大多數話段的結構都是一組
對話形成。像這種「提問」—「回答」、「解說」—「感想」的對話組
合在專業領域中被稱做言談應對（Adjacency Pair），它是構成話段的單
位之一。有些話段是以「提問」—「回答」這樣一組言談應對構成，也
有些話段是以「提問」—「回答」—「解說」—「感想」這樣兩組言談
應對構成。

　　另外我們也可以用在分析課堂談話時常見到的IRE模式來分析這段對
話。IRE模式是在由教師主導的課堂中，由「開始（Initiation）」—「應
答（Response）」—「評價（Evaluation）」三部分組合而成的對話模

式。舉例來說老師指著世界地圖問「這裡是哪裡呢？」（提問：教師）
—「印尼的雅加達」（回答：學生）—「非常好」（評價：教師），即
為IRE模式的話段結構。此腳本中也可以找到這種對話組合。

轉達資訊對話中的段落

剛剛看到課堂對話的話段是由前後脈絡結合形成，是相對較短的話
段。相對的，如果是有事向人搭話的狀況，話段會隨著一連串對話進展
自然出現，也可能會具有較完整的**整體結構**。（Szatrowski 1993）

接下來這個對話是**轉達資訊時的對話**（石黑2020預定）。預設的轉
達事項是學生A請老師在獎學金文件上蓋章，不過老師後天開始就要去國
外出差兩個星期，沒辦法和學生A碰到面。於是老師請學生A的朋友學生B
在遇到學生A時轉達，明天結束前都還可以幫忙蓋章，請學生A到研究室
找他。雖然每個人表現方式有差異，不過身為轉達者的學生B在遇到學生
A的時候大多按照以下順序進行轉達。下面是轉達資訊時的**大綱**，話段會
依此形成。

社交問候　　你好。

確認狀況　　你現在有空嗎？

轉達事項　　老師要我轉告你一件事。

提出話題　　跟獎學金蓋章有關的事。

轉達前提　　你原本預計是後天找老師蓋章對吧？

轉達背景　　老師說他後天開始要去國外出差。

轉達內容　　請你明天結束前去老師的研究室。

那麼按照這樣的大綱，實際轉達資訊時對話會如何進行呢？我們一
起來看看吧。（**圖12-2**）

發話者	發話內容	發話機能
學生A	啊~B。	社交問候
學生B	啊，A。	
學生A	今天找我幹嘛？	確認狀況
學生B	喔，老，今天，那個，老師說有事要我轉達給你。	轉達事項
學生A	這樣啊。	
學生B	那個，是有關獎學金蓋章的事。	提出話題
學生A	是喔。	
學生B	喔，對，那個，原本說，後天要請他蓋章……。	轉達前提
學生A	對，對的，沒錯。	
學生B	你是這樣說嘛，對。那個，這樣的話，那個，老師說，那個，從後天開始，出，他要去國外出差。	轉達背景
學生A	這樣啊。	
學生B	那個，他說如果明天不去找他就沒辦法蓋章了。	轉達內容
學生A	蛤，是喔。我原本想說後天去找他，還把後天空出來了說。	
學生B	啊，這樣喔。	確認時間
學生A	他有說明天什麼時間找他之類的嗎？	
學生B	沒有耶，沒說什麼時間。	
學生A	沒有說啊。	
學生B	啊，我應該先問一下才對的。	
學生A	喔，沒有啦沒事。沒關係。	
學生B	嗯。	
學生A	咦，所以剛剛，那個，他還在喔？那個，老師。	確認位置
學生B	啊，對，他是下課的時候找我說的。	
學生A	喔，這樣啊。	
學生B	應該還在附近吧。	
學生A	喔，不過，如果後天開始就不在的話，就只剩明天可以去找他了耶。	確認事項
學生B	對啊。	
學生A	對吧。那，我稍微安排一下時間好了。吼，明明說好後天去找他的。	
學生B	嗯。	
學生A	謝謝你告訴我。	表達感謝
學生B	嗯嗯。	

圖12-2實際轉達事項時的對話

因為這是現實中的對話，所以學生A在原本預定的大綱後面，還繼續加入了確認資訊跟表達不滿的對話內容。不過像這種轉達資訊等有目的性的對話中，確實還是存在著類似於腳本的對話大綱，話段則會按照大綱做區分。

　　如同剛剛所見，話段可能會像課堂上的對話一般，由前後脈絡組合而成，也可能像轉達資訊的對話一般，是按照一連串的大綱結構區分而出。不管是哪一種，口語表達中也有段落的存在，而且不只是獨白，對話中也存在著段落。並且對話段落的特徵是雙方共同建立出段落。對話也有一定結構，而段落會順著結構自然產生。段落不是在文章中換行空兩格強行形成的構造，不管在文章內或談話中，段落都是人類一邊思考一邊進行溝通的時候，自然而然形成的一種構造。

譯註1：在將一段動詞或力變動詞轉為可能形時，把原有的可能助動詞「られる」改為「れる」的一種語言現象。如「見られる」→「見れる」、「寝られる」→「寝れる」、「来られる」→「来れる」。（辛昭静（2002）。「ら抜き言葉」の研究概観。言語文化と日本語教育，2002年5月特集号，102-119）

譯註2：在將五段動詞轉為使役形時，把原有的使役形態素「-ase」改為「-asase」的一種語言現象。如「やらせる」→「やらさせる」、「入らせる」→「入らさせる」。（佐野真一郎（2008）。『日本語話し言葉コーパス』に現れる「さ入れ言葉」に関する数量的分析。言語研究，133，77-106）

譯註3：在可能動詞中多加入「れ」的一種語言現象。如「行ける」→「行けれる」、「書ける」→「書けれる」、「読める」→「読めれる」（浅川哲也（2016）。ら抜き言葉と〈れる言葉〉と可能動詞にみられる自発・受身・尊敬の用法について。言語の研究，2号，39-54）

【第十二章總整理】

　　第十二章討論**說話時的段落**。當我們在接受訪談或面試的時候，會預先準備好今天要說的內容順序，實際在說話時，這些內容都會直接變成一個個**話段**，也就是口語表達時的段落。在傾聽發話者單向發表的**長獨白**時，雖然聽話者能夠理解現在在討論的部分，卻不容易掌握前後脈絡或整體話題發展。因此使用PowerPoint等工具進行說明時，必須在標題、副標或投影片花點巧思，讓聽眾能意識到簡報的整體結構。另外，在發話者與聽話者交互發言的**對話**中，雖然發話者與聽話者的基本對談某種程度上有一定規律，不過包含了重要資訊的對話因為必須要傳達有完整性的內容，因此表達時必須按照段落，沿著腳本般的**大綱**來闡述預定內容。

第十三章
段落的未來

不斷變化的段落

　　各位讀者在看到本書的標題《日文段落論》時帶了什麼樣的預設觀點呢？一路讀到最後這一章，這些觀點又出現了什麼變化呢？我想在深入探索話段、文段等所謂的段，也就是意義段落之後，各位可能會注意到，段落的概念遠比我們所想像的還要更寬廣。

　　不過不只是意義段落，從形式段落的角度來看，段落也是個相當廣闊的概念。尤其隨著閱覽文章的媒體從原本的紙本書籍轉變為電腦畫面、平板或智慧型手機等數位媒體，段落的形態也發生了劇烈變化。

　　本書不斷提及，原本在紙面上分段是以**換行空兩格**呈現，到了數位媒體上變成了**空一行**。造成如此轉變的其中一個原因是因為空白不再代表資源浪費。在紙本時代中，人們偏好盡量避免浪費紙張的排版方式，將文字緊密排列於紙面上是基本規範。不過到了數位時代，空白不再是浪費資源，反而擁有了自身價值。人類每天接收的情報過多，因此易讀性成為最優先的考量因素。而空白則是保障易讀性的重要構造。用智慧型手機寫作文章的人自然會大量使用空白，就算是習慣紙本媒體，盡量都使用電腦打字的人，也有不少會在寫電子郵件時以空一行取代空兩格

來表現分段。

另外，如前面所說，現代文章漸漸會合併使用兩種段落，分別為由數句話構成的「**小段落**」，以及數段落相結合，以空一行或小標題區隔出的「**大段落**」。「**小段落**」是為提高文字辨識性而分出的易讀段落，「**大段落**」則是為保障文章邏輯性，以內容完整性做區分的段落。要想同時獲得過去重視邏輯性的長段落，以及近年來重視易讀性的短段落的優點，結合使用兩種段落是最好的方法。雖然學校的國文課應該還不會教到這些內容，不過現實社會中的文章將易讀性視為重要價值，因此早在學校教育變化以前，作者們就已經耗盡心思地在提高文章易讀性了。

再者，現代文章也厭惡在單一段落內自行收尾，並確立出為使讀者繼續往下閱讀，故意**在敘事途中分段**的寫作手法。網路文章為了吸引讀者點選「繼續閱讀」按鈕，會在能使讀者對後續感到好奇的位置分段。另外以手機閱讀為前提的手機小說由於手機螢幕本身就具有段落的功能，因此作者在寫作時會故意做安排，讓文章每次往下滑都會出現令人印象深刻的內容。這種讓讀者期待後續內容的手法，過去只在報紙的小說連載或漫畫雜誌週刊中才能看見，現在已經成為相當理所當然的寫作手法了。

超連結與段落

在網路世界中，超連結的概念大幅改變了文章形式。例如說Yahoo!的首頁列出了幾個感覺滿有趣的文章。點選文章標題就可以馬上**連結**到該篇新聞，並免費閱讀報導內容。另外我們閱讀的文章中到處都設有**超連結**，這個超連結有著跟註釋相同的功能。有了這些超連結，我們就可以瞭解文章的背景。而且瀏覽器還會找出跟目前文章有關的其他文章，並全數顯示於目前文章的下方。雖然我們在忙碌的時候不會繼續閱讀相關文章，不過若是有空，就會隨著超連結漫遊於不同網頁之間（Net Surfing）。

網路上以短文章為主流。閱讀書籍的時候，我們會花費許多時間針對單一主題深入探索理解。也就是說基本上是針對小範圍的深入閱讀。相反的，在閱讀網路文章時，我們會淺而廣泛地閱讀相關文章。閱讀一本書的時候，書中有細膩完整的故事，讀者會沿著故事線理解內容，而網路上的相關文章之間則無故事性，讀起來的感覺很像在閱讀某種短篇集，就像畢業生短文集或雜誌的特別報導一樣。也就是說我們的閱讀想法正在產生變化，當我們想閱讀某個主題的文章時，已經不會按照作者精心構思的文章結構來閱讀，而會以作者提供的超連結或自行搜尋關鍵字為基礎，透過點擊將相關主題的資訊集結在一塊形成短文集。

統整網站（まとめサイト）的存在正強化了這個短文集的概念。統整網站會將主題相關的文章排放在一起，並加上簡單的解說。結構是每篇文章都有段落，段落中有超連結，連結至另一篇文章。而且，每篇文章都濃縮在一個段落中，然後在統整網站中彙集成為一本短文集。

另外，從段落的觀點來看Twitter也非常有趣。Twitter的使用者經常使用轉推的功能，轉推者可以貼出自己感興趣的文章連結，並簡單加上評論。轉推的Twitter貼文，就是一個由評論的小主題句，以及超連結中文章的支持句所構成的段落。讀者追蹤某位作者時，會經由超連結連至其他作者的Twitter帳號，讀者在閱讀像段落般並列的推文後，如果喜歡該作者就會選擇追蹤。Twitter上的推文，是可以從一位作者的段落跳躍至另一位作者的段落中的開放式段落。

從文字的段落到圖像的段落

在數位文章的時代，發佈文章的媒介會影響段落的分段方式。Twitter上的段落也是如此，LINE的一個個對話框也具有段落的功能。我第一次在LINE的畫面上看見兩個人分別於畫面左右交互丟出對話框進行文字對話的時候，聯想到了漫畫的對話框。

Facebook的排版也很接近漫畫的畫面。漫畫最辛苦的部分在於必須繪製圖片，而Facebook則只要加入照片和註解，就可以像漫畫一般在圖像中加註文字。照片跟漫畫不同，不需要花費時間繪製，因此可以輕鬆生成包含圖像的文章。這種可以將圖像和文字排列在一起的特點相當優秀，結合了圖像與文字的貼文就等同於一個段落。當然閱讀者針對貼文發表回應的方式，以及與貼文者間的互動都跟LINE相同，因此每一則回應也像是一個段落。

　　當段落如同漫畫對話框一般跟圖像共同出現時，會更容易使讀者產生親切感，提高段落對讀者的訴求力。我們在第八章有談到近來日本的政府機關流行使用**概略圖**，能以清晰易懂的方式說明文件內容。在這個時代中，就連我這樣的研究者也體悟到沒有人要讀長篇大論的文章，至少應該費盡心思做出淺顯易懂的概略圖才可以。

　　另外我們在第八章也有提到學會重視***海報發表***的現象。製作海報發表的海報時必須將發表內容全數塞進A0大小的大張模造紙之中。為避免遠處的人看不清海報，印刷時必須使用較大的字級，同時製作時也要注意觀眾的視覺動線。大多數海報都是以左右兩欄為基礎設計，偶爾插入左右合併只有一欄的部分，在規劃排版的時候要思考閱讀動線應該先看完左列再進入右列，還是要左右列交互以Z字形往下排列，哪個地方要將左右合併成一欄，圖表等吸睛的內容又該如何配置等。這也是將段落如對話框一般塞進框格後再陳列於紙面上。

　　也就是說，現代人會將簡短文字塞進對話框一般的段落中，並結合圖像或圖表呈現，而這時代的思考核心在於要將這些段落排列在何處，又該讓讀者以什麼樣的順序和方式閱讀。死板地以一次元的方式排列文字，只考慮該在哪裡分段的單純段落今後將漸漸減少，而將文字放入對話框內，結合圖像或圖表進行**二次元配置**的複雜段落則將成為主流。

　　不過這種二次元的段落，也保留了將數句話結合為具完整性的內容並收納於箱子中進行排列的基本段落思維。因為段落這種分塊，與人類的理解、思考、表達有著密不可分的關聯性。

　　我們在第十三章討論**段落的未來**。段落的未來與工具的進化有著密切關聯。畫面上**空白部分增加**、單一段落包含的**句子數減少**、故意**不下結論的段落增加**等等,都是在從紙本裝置演進為數位裝置的過程中發生的變化。此後讀者隨著瀏覽器列出的相關連結,在不同網頁間漫遊的閱讀方式將成為主流,段落本身也會像對話框一般**在平面上進行排版**,人們從頭開始仔細閱讀一篇完整文章的機會大概也會越來越少。越來越擅長廣義看待段落間的關係,從許多面向掌握單一內容,但相反的,段落之間的邏輯性變得更淺薄,人們將難以針對一個內容進行深入研究。透過段落的變化,我們似乎可以看見這種時代特性對人類思考造成的重大影響。

參考文獻

石黒圭(一九九七)
「読点と段落の共通性」『ひととことば一九九五・九六』六四〜
八二頁、ひととことば研究会

石黒圭(一九九八)
「文間を読む―連文論への一試論―」『表現研究』六七、一一〜
一八頁、表現学会

石黒圭(二〇二〇予定)
「第六章「伝言の伝達」課題のポイント」俵山雄司編『現場に役立
つ日本語教育第四巻　自由に話せる会話シラバス』くろしお出版

市川孝(一九七八)
『国語教育のための文章論概説』教育出版

佐久間まゆみ(一九七九)
「現代アメリカ人のパラグラフ意識」『人間文化研究年報』二、
九七〜一〇八頁、お茶の水女子大学人間文化研究科

佐久間まゆみ(一九八七)
「文段認定の一基準(I)―提題表現の統括―」『文藝言語研究言語
篇』一一、八九〜一三五頁、筑波大学文芸・言語学系

佐久間まゆみ(一九九四)
「中心文の「段」統括機能」『日本女子大学紀要　文学部』四四、
九三〜一〇九頁、日本女子大学文学部

佐久間まゆみ編著(二〇一〇)
『講義の談話の表現と理解』くろしお出版

ザトラウスキー ポリー(一九九三)

『日本語の談話の構造分析─勧誘のストラテジーの考察─』くろし
お出版

塚原鉄雄(一九六六a)

「論理的段落と修辞的段落」『表現研究』四、一〜九頁、表現学会

塚原鉄雄(一九六六b)

「文章と段落」『人文研究』一七─二、一〜三二頁、大阪市立大学
文学部

永野賢(一九八六)

『文章論総説』朝倉書店

西田直敏(一九八六)

「文の連接について」『日本語学』五─一〇、五七〜六六頁、明治
書院

林四郎(一九五九)

「文章の構成」『言語生活』九三、三〇〜三九頁、筑摩書房

林四郎(一九七三)

『文の姿勢の研究』明治図書出版(二〇一三年にひつじ書房より復刊)
〜

林四郎(一九九八)

『文章論の基礎問題』三省堂

本多勝一(一九七六)

『日本語の作文技術』朝日新聞社

後記

　　本書的書名為《日文段落論》。《日文段落論》這個書名來自於坂口安吾的《墮落論（堕落論）》。這部《墮落論》寫於二戰結束後不久，它描述戰時人們接受並順從自身命運的禁慾美感，以及戰後人們執著於自身的生命、妥協於現實的墮落樣貌，並將兩者進行比較，卻也從其墮落樣貌中看出人類的本質，並肯定了重拾墮落的戰後社會，是一篇讚頌人性的散文集。

　　這本《墮落論》之中有一段令人印象深刻的話。

　　　戰爭結束後，我們被允許擁有一切自由，不過當人類擁有一切自由的時候，就會注意到自身身上莫名的限制與不自由吧？人類是不可能永遠自由的。因為人類活著，又必須死去，而且人類會思考。政治上的改革一天就能完成，但人類的變化卻並非如此。人性在遠古的希臘被發現、並踏出確立的一步，現在又會呈現出多大程度的變化呢？

人類只要是人類，其本質就不會改變。這句話不只適用於《墮落論》，也適用於《日文段落論》。《墮落論》討論的是戰前至戰後的變化，《日文段落論》則討論紙本時代到數位時代的變化。如同最終章寫到，日文表達的自由度隨著數位時代的到來而提升，日文的段落也發生劇烈變化。不想浪費紙面的意識逐漸消失，文章中的黑色文字部分減少，空白部分則增加了。為了方便閱讀，以數句話構成的短段落成為了理所當然。過去長段落的分段位置則被加上小標，形成雙重段落構造。為使讀者期待後續內容繼續往下滑，也變得故意在不合理的位置分段。

不過，人類只要還是人類，段落的本質就不會改變。人類是會思考的個體，而只要文章是人類思考的軌跡，就一定需要相當於段落的分塊存在。就算在不遠的未來，文章的書寫方式將二次元化，段落變成了對話框，如同一顆顆氣球泡泡般在平板裝置上構成文章，這一個一個氣球泡泡，仍各自都代表一個有完整內容的獨立段落。

形式段落確實很重要。不過我們若堅持只有稿紙上以換行空兩格的形式標示出的段落才是段落的話，將會丟失段落的本質。讀者若能透過本書掌握到雖然是現代產物卻已相當普遍的段落意義。身為本書作者，這將是無比的喜悅。

在寫作本書時，我偶爾會想起自己提交博士論文時接受審查的光景。當時為審查員之一的佐久間まゆみ老師，透過研究會已經指導了我將近20年時光。另外林四郎老師雖然不是審查員，卻也列席於審查會現場支援我，他在本書出版時將迎來98歲大壽。藉此機會感謝兩位老師的師恩。

另外，我委請了青木優子女士（東京福祉大學）、井伊菜穗子女士（一橋大學碩士生）、石黑里美女士校改本書內容。當然本書內容的最終責任還是由作者承擔，不過本書內容的失誤能變得比較少，都是這三位的功勞。

　　這次也受到擔任責任編輯的草薙麻友子女士不少照顧。這本書是我在光文社新書系列出的第五本書，草薙女士從第一本開始就一直是一位堅定支持作者的專業編輯。另外這次還多了新編輯田頭晃先生的協助。本書相較於前面的著作使用許多圖表，在視覺上更容易閱讀，全是多虧田頭先生的幫助。

　　本書是在眾人如此溫暖的支持下誕生的。我打從心底希望本書能幫上各位，並在此歇筆。非常感謝各位一路讀到最後。

　　2019年12月聖誕節前SDG

　　　　　　　　　　　　　　　　　　　　　　　　　石黑圭

段落用語一覽

〔段落的內部結構〕…第二章「段落是統整」（pp.19-22）

句子位置	句子種類	總括能力
段落開頭	小主題句（topic sentence）	有
段落中段	支持句（supporting sentences）	無
段落結尾	小結論句（concluding sentence）	有
段落內任何位置	核心句（廣義的topic sentence）	有

〔段落的接續結構〕…第三章「段落是轉折」（pp.32-45）

句子位置	句子種類
段落開頭	小主題句、小話題句、包含接續詞的句子
段落中段	小結論句、在句尾表現解釋、評價和預告的句子

〔段落的進展結構〕…第四章「段落是接續」（pp.51-57）

句子位置	段落種類	能夠進行跳躍式傳導（掌握大綱）的句子
段落開頭	主題段落	主題段落中的小主題句
段落中段	支持段落	支持段落中的小主題句
段落結尾	結論段落	結論段落中的小主題句

〔段落的階層性結構〕…第五章「段落是資料夾」

下層段落	上層段落	提出者
小段落	大段落	石黑（P.62）
「走向」的段落	「架構」的段落	林、石黑（P.75）
獨立段落	複合段落	石黑（P.62）
段落	項—節—章—部	普遍名稱（P.64）

〔形式段落與意義段落〕…第六章「形式段落和意義段落」

注重形式的段落	注重內容的段落	提出者
形式段落	意義段落	日本的國語教育（P.84）
段落	段（文段、話段）	市川、佐久間（P.87）
修辭段落	邏輯段落	塚原（P.88）
自然段	論理段、意義段	中文教育（P.89）

〔絕對段落與相對段落〕…第七章「絕對段落和相對段落」

固定的段落	可變的段落	提出者
絕對段落	相對段落	石黑（P.93）
基本段落	段落群	塚原（P.92）
魚眼段落	鳥眼段落	石黑（P.77）
基本段落、段落	段落群、文塊	塚原、林（P.92）
寫作時的段落	閱讀時的段落	林（P.93）
Paragraph（英文）	段落（日文）	林（P.93）
構造段落	發展段落	石黑（P.96）
必要段落	自由段落	石黑（P.122）

〔傳統的段落和先進的段落〕…「傳統的段落和先進的段落」

過去的段落	新時代的段落	提出者
傳統的段落	先進的段落	石黑（P.111）
紙本段落	網路段落	普遍名稱（P.100）
換行空兩格的段落	空行的段落	普遍名稱（P.100）
黑字留白	白底黑字	石黑（P.100）
段落內的差異 （依內容區隔分段）	段落外的差異 （依輸入系統限制分段）	石黑（P.105）
文字的段落 （一次元的段落）	圖像的段落（二次元的段落）	石黑（P.180）

EZ Japan 樂學／25

日文段落論：提升閱讀寫作技巧

作　　者	石黑圭	
審　　訂	王世和	
翻　　譯	吳羽柔	
主　　編	尹筱嵐	
編　　輯	吳姍穎	
校　　對	吳姍穎	
版型設計	李莉君	
封面設計	謝捲子	
內頁排版	李莉君	
行銷企劃	陳品萱	

發 行 人	洪祺祥
副總經理	洪偉傑
副總編輯	曹仲堯
法律顧問	建大法律事務所
財務顧問	高威會計師事務所
出　　版	日月文化出版股份有限公司
製　　作	EZ 叢書館
地　　址	台北市信義路三段 151 號 8 樓
電　　話	(02)2708-5509
傳　　真	(02)2708-6157
客服信箱	service@heliopolis.com.tw
網　　址	www.heliopolis.com.tw
郵撥帳號	19716071 日月文化出版股份有限公司

總 經 銷	聯合發行股份有限公司
電　　話	(02)2917-8022
傳　　真	(02)2915-7212
印　　刷	中原造像股份有限公司
初　　版	2021 年 05 月
定　　價	350 元
I S B N	978-986-248-971-0

國家圖書館出版品預行編目(CIP)資料

日文段落論：提升閱讀寫作技巧/石黑圭著； 王世和
審訂；吳羽柔譯. -- 初版. -- 臺北市：日月文化, 2021.05
192 面；14.7 x 21 公分. -- (EZ Japan樂學；25)
ISBN 978-986-248-971-0 (平裝)

1.日語 2.讀本
803.17

Original Japanese title: DANRAKURON:NIHONGO NO 「WAKARIYASUSA」 NO KIMETE
©Kei Ishiguro 2020
Original Japanese edition published by KOBUNSHA Co.,Ltd.
Traditional Chinese translation rights arranged with KOBUNSHA Co.,Ltd.
through The English Agency (Japan) Ltd. and AMANN CO., LTD., Taipei